きみに恋して
よかったと
今なら胸を張って
言えるよ
桜きれい！
あれ？うわ！
ストーカーとか
勘弁しろよな
いや 誤解…
あんたみたいなヤツ
この世で1番嫌い
お互いの第一印象
は最低最悪

でも話してみると
実はいいヤツで
私たちはすぐに
仲良くなった
水野君ってクールで
無口なイメージ
だったけど
ちがうんだね
夏目は…
笑ったり
赤くなったり
面白いのな
仲良くなれたかな
と思っても
俺なんかに関わっても
つまんないと思うから
やめとけよな
すぐに私を
遠ざけようとする
つまんないかどうか
決めるのは私だよ
私は
仲良くなりたいの

夏目 次の問題前で解いてみろ
やばい 話を聞いてなかった
カッカッ
おー さすがだな
ありがとう
バーカ
ドキッ
お前と話してると嫌なこと忘れられるっていうか
前ほど苦しくなくなった
もうサッカーはやらないの?
俺にはそんな資格ないんだ

俺
強くなるから
好きなものを
好きだって
胸を張って
言えるようにする
だからーー
それまで
待っててくれる？
きみが夢を叶えた
そのあとも
ずっと
そばにいたいよ

野いちご文庫

早く気づけよ、好きだって。

miNato

スターツ出版株式会社

contents

Lovers * 1

桜の中できみに出逢《であ》った
8

意外なきみの素顔《すがお》
37

近づくきみとの距離
63

Lovers * 2

それでもきみと
80

ドキドキとズキズキ
101

動き出す恋時計
117

Lovers ＊3

近くて遠い花火大会
140

松野神社のおみくじ
167

波乱の予感
185

Lovers ＊4

うまくいかなくて
200

大切な人
221

踏みだそう、一歩を
235

Lovers ＊5

悩み苦しみ葛藤《かっとう》
254

心の声
269

後悔だけはしたくない
301

Last lovers

きみの心に触れさせて
328

きっと、これから
350

あとがき
378

早く気づけよ、好きだって。

characters

夏《なつ》目《め》 桃《もも》

Momo Natsume

楽しみにしていた高校生活初日、誤解から春にストーカー呼ばわりされてしまう。第一印象は最悪だったけど、どこか影のある春のことが気になってしまう。

水《みず》野《の》 春《しゅん》

Shun Mizuno

近寄りがたい雰囲気のクール男子。一匹狼的存在でクラスでも目立っている。プロを目指していたほどサッカーがうまいのに、なぜかやめてしまったようで…？

須《す》藤《どう》 蓮《れん》

Ren Sudo

桃の幼なじみで、マンションの隣の部屋に住んでいる。王子様キャラな爽やかイケメンだけど、桃に対してはちょっとイジワル。

お嬢様学校に通う春の幼なじみ。もう一人の幼なじみの蒼のことが好き。春と蒼の間に起ったことを知っていて、桃を応援してくれている。

木《きの》下《した》 瑠《る》夏《か》

Ruka Kinoshita

はじまりは高校の入学式
出会いは最悪で、最初は苦手だった
でもきみのことをひとつひとつ知るたびに
なぜかドキドキして顔が熱くなった
きみの秘密《ひみつ》に触れた時
胸がはりさけそうなほど苦しかった
抱きしめたくなった
泣きたかった

ねぇ

きみは今も
苦しんでいますか？
私じゃ力になれないかな？
願わくば
きみの瞳《ひとみ》に映《うつ》りたい
それは、かなわないことですか？

Lovers * 1

桜の中できみに出逢《であ》った

朝、玄関《げんかん》を出るといつもの光景が広がっていた。

呆《あき》れ顔でその場に立ちつくす、目の前の彼。

「遅《おそ》い！　初日から遅刻《ちこく》とか、勘弁《かんべん》してくれよな」

挨拶《あいさつ》を交《か》わすよりも先に、そんな言葉が降ってくる。

「ごめーん、昨日はなかなか寝つけなかったの！」

顔の前で手を合わせながら、愛想《あいそ》笑いを浮かべる。

「ったく！　大事な日はいつもこれだ」

「ごめんって！　ほら、急がなきゃ電車に乗り遅れるよ！」

いまだ呆れ顔で私を見下ろす彼の横を通り過ぎ、急ぎ足で歩《ほ》を進める。

こうなると長いから、スルーするのが一番だということを知っている。

「はぁ」

うしろから聞こえよがしなため息をつかれたけど、それはいつものことなので気にしない。というよりも、小さい頃《ころ》からずっと一緒《いっしょ》にいるせいで、こんなことにはもう慣れっこだ。

逆もまたしかりで、彼もまた私の遅刻癖《ちこくへき》には慣れているはず。

それなのに毎回こんなふうに言われてしまう。

それなら私を待たずに先に行けばいいのにって思うけど、そんなことを言うとよけいにややこしくなりそうなので心の中だけにとどめておく。

「待てよ、おい！」

「やだよ、待たなーい！」

「誰《だれ》のせいでこうなったと思ってんだよ、ったく」

「さぁ、知らなーい！」

一段《いちだん》飛ばしで階段を駆《か》けおりる。

エレベーターが設置《せっち》されていない五階建てのこのマンションは、私が生まれるずっと前に建てられたもの。

五階までしかないけど横に長くて、ワンフロアにつき十室もの部屋がある。

私、夏目桃《なつめもも》が住んでいるのは、五階の角部屋。

角部屋は陽当たりがよくて、さらには窓も大きいのでとても広々としている。

建物はとても古いけど、近くに駅やスーパーやコンビニもあって立地《りっち》は最高にいい。

さらには、隣《となり》の部屋には頼《たよ》れる幼《おさな》なじみの須藤蓮《すどうれん》が住んでいる。

蓮は基本的にはいいやつだけど、たまに面倒《めんどう》な時もある。

今日みたいに遅刻しそうな日には、いつまでもブツブツ言われるんだ。

まぁ、蓮が正しいことを言ってるのはわかってるんだけどね。

頭の回転が速くて、客観的《きゃっかんてき》に周《まわ》りを見ている蓮の言うことはいつも正論《せいろん》で隙《すき》がない。

冷静に的確《てきかく》なことを言い、私は痛いところを突かれることもしばしば。

興味《きょうみ》のないことにはとことん関心《かんしん》がなく、好きなものは好き、嫌《きら》いなものは嫌いといったはっきりした性格。

人当たりはいいから、人間関係においてトラブルはないけれど。

でも実は人当たりがいい時ほど、猫をかぶっていたりするんだよね。

スッキリした爽《さわ》やかな笑顔にだまされている人は数知れず。

普段《ふだん》の蓮は口は悪いし、デリカシーのないことをズバズバ言う。それは気心《きごころ》が知れた私に対してだけのものだから、心を許《ゆる》してくれているんだとは思う。

いざという時は助けてくれるし、ムカつく時もあるけど、でもまぁ嫌いじゃない。

「おい、こら。なにひとりで行こうとしてんだよ」

「えー、蓮が遅いだけじゃん」

階段を下りていると、あっという間に追いつかれた。

蓮はスラッとしていて身長が高く、一五五センチの私には見上げないと蓮の顔が見えない。中二までは同じくらいの身長だったのに、中三になってからぐんぐん伸びて、気づくとずいぶん差がついていた。

今では一七八センチなんだとか。

中学では柔道部《じゅうどうぶ》に入っていたから体格もよくて、鍛《きた》えあげられた身体《からだ》にはしっかりとした筋肉《きんにく》がついている。

サラサラのストレートの黒髪《くろかみ》と、二重《ふたえ》のキリッとした瞳に、シュッとした横顔。眼鏡《めがね》をかけていて爽やかな見た目の蓮は、身長が伸びはじめた頃から男らしくなり、すごくモテるようになった。

頭もよくて、運動神経《しんけい》も抜群《ばつぐん》、おまけにイケメンと三拍子《びょうし》そろっている。

面倒見がよくて、知的で、頼れる存在。

蓮を知らない人からは、そんなフィルターがかかって見えている。

中学の時は生徒会長をしていたから、よけいにそんなイメージが定着しているんじゃないかと思う。

優等生の蓮とこんなふうに口ゲンカをしてじゃれ合うのは、幼なじみの私くらいだ。

マンションの隣同士で、両親はお互いに仲よしだから、生まれた時からずっと一緒で、お互いにひとりっ子。さらには両親が共働きという環境《かんきょう》まで同じで、小さい頃から兄妹みたいに育った。

だから遠慮なくズバズバものが言えるんだ。

中学は一学年二クラスしかなく、一年と三年の時には蓮と同じクラスだったから、ほとんど毎日一緒にいるようなもの。高校まで一緒だから、この先も長い付き合いになる。いわゆるくされ縁《えん》というやつだ。

「ふぅ、なんとか間に合いそうだね」

マンションから徒歩《とほ》五分の所にある駅にたどり着き、ちょうどホームに滑《すべ》り込んできた電車に飛び乗った。

私はドアのすぐ近くに立って、窓から外の景色を眺《なが》める。

都会でも田舎でもない私の地元は、生活するにはなに不自由ない環境が整っている。

駅のすぐそばにある本屋さんにドラッグストア。

駅に隣接《りんせつ》して建つ小さなスーパーの野菜《やさい》は、店長のこだわりでオーガニックのものを仕入れているため、とても新鮮でおいしいの。

子どもの頃、蓮とよく遊んだ大きな公園。

公園の近くにある市役所や図書館。

電車の中から、見慣れた風景をワクワクしながら見つめる。

五駅先の高校、時間にすると十五分くらい。憧《あこが》れだった電車通学に心が躍《おど》る。

「マジで焦《あせ》ったし。桃にはいっつも、ハラハラさせられる」

蓮は隣で息を整《ととの》えながら、恨《うら》みのこもった目を私に向ける。

「ごめんってばー。私だって早く起きる努力はしてるんだよ？」

朝が弱いのはわかっているから、昨日はいつもより一時間も早く布団《ふとん》に入った。

それでも、ワクワクドキドキして眠れなかったんだよ。

非難《ひなん》するような蓮の視線に気づかないふりをして、外の景色を眺め続けた。

四月上旬の今日、新しい制服《せいふく》に身を包み、楽しみで仕方《しかた》がなかった高校生活がはじまる記念すべき日。

中学はブレザーだったけど、高校は白を基調《きちょう》としたセーラー服だ。

襟《えり》の部分に紺《こん》色のラインが入っていて、胸もとにはピンクのリボンがついているかわいいデザイン。スカートは紺色のプリーツスカート。

このセーラー服は、地元の中学生にとても人気がある。男子は普通の学ランだけど、セーラー服と並ぶと、なぜかとてもおしゃれに見えるんだ。

「高校生活って、なんだか未知《みち》の世界だよね！　どんな人がいるのかなぁ。気が合う人がいるといいのに。あー、緊張《きんちょう》するぅ！」

でも楽しみだな。

思わず頬《ほお》がゆるんだ。

電車の窓に映った自分の笑顔が目に入る。

新しい制服はまだ慣れなくて、少しぶかぶか。さらには中学の時とは違って髪を下ろしているせいか、今の私はそれまでの私とまったく変わって見える。

お母さんゆずりのくっきりした二重まぶたに、スッとした鼻、ちょこんと乗った薄《うす》い唇《くちびる》。

いつも見ている自分の顔が、なぜだかとても新鮮《しんせん》に感じる。

それにしても、この制服ほんとかわいいな。

中身はまだまだ子どもっぽい私だけど、いつかこの制服が似合う素敵《すてき》な女子になりたいとひそかに思っていたりする。

スカートは短すぎない膝上丈《ひざうえたけ》で裾《すそ》上げをして、膝下までの黒のハイソックスと、こげ茶色のローファー。

それだけで、すごく大人っぽくなったように見えるから不思議《ふしぎ》だ。

「俺はこれから先、桃が遅刻しないかっていうことだけが気がかりだけど」

「だ、大丈夫《だいじょうぶ》だよ。心配性だなぁ、蓮は」

「桃が楽観的すぎるんだよ。高校は義務教育と違って、留年《りゅうねん》することだってありえるんだからな」

「やめてよー、そんな不吉《ふきつ》なこと言うの。まだ初日だよ？　普通はワクワクするもんでしょ」

蓮の言うことはいつも現実的で夢がないんだから。

昔から、真面目《まじめ》というか、頭が堅《かた》いというか。

何事《なにごと》にも厳《きび》しいんだよね。

「それよりさー、私なにか変わったでしょ？」

蓮のほうを振り返り、にっこり笑う。

中学の時と比べて明らかに変わったでしょ、私。

今までパッツンだった前髪を伸ばしてサイドに流し、結《むす》んでいたうしろ髪は今日は下ろしている。

美容師《びようし》をしているお父さんに毎月髪の毛のお手入れをしてもらっているから、自慢《じまん》じゃないけど髪の毛はツヤツヤのサラサラ。

もともとはくせ毛だけど、今日はアイロンで伸ばしてみた。

「はぁ？　なんだよ、いきなり」

蓮は意味がわからないというように、怪訝《けげん》そうに眉《まゆ》を寄せた。

「いやいや、だから……変わったと思わない？　なにか私に言うことは？」

見せつけるように、蓮の前でわざとらしく髪をかきあげてフフンと笑ってみせる。

どう？　ちょっとは大人っぽくなったでしょ？

明らかに変わったよね？

「はぁ……？　べつになんも変わってないと思うけど」

マジマジと私を凝視《ぎょうし》したかと思うと、蓮は不思議そうにそんなことを言う。

「えっ？　本気で言ってる？」

今月に入って新調《しんちょう》したという黒縁《くろぶち》フレームの眼鏡の奥の瞳は、ウソを言っているようには見えない。

「うーん。身長が伸びたわけじゃないし、体重も減ってはなさそう。顔色だって、いつもとそう変わらない。なにが変わったんだよ？」

キョトンとしながら真剣《しんけん》な眼差《まなざ》しで私を見つめる。

どうやら本当にわからないらしい。

「ちょっと！　気づかないなんて、信じられない。蓮って、意外と人のこと見てないよね」

私としてはとびっきりおしゃれをしたつもりなのに、少しも気づいてもらえないのは寂《さび》しいものがある。

まぁ、メイクをしているわけじゃないし、顔のつくりは代わりばえしないかもしれないけどさ。

それでも外見はずいぶん変わったでしょ。普通は気づくよ。

「もういいよ、蓮のバカ」

そう悪態《あくたい》をつき、プイと顔をそむける。

外に目をやると、川沿《ぞ》いを走っていることに気がついた。

川沿いにズラリと並んだ桜の木は、見事《みごと》な花を咲《さ》かせている。

数百メートル、いや、数キロ先まで綺麗《きれい》に咲きほこっていて、思わず見惚《みと》れてしまう。車でたまに走ったりもする場所だから、まったく知らない景色ではないけれど、電車から見るのと車からではまた違って新鮮だ。

「綺麗……」

「だよなぁ」

私のひとり言に反応《はんのう》した蓮をスルーして、どこまでも続く桜を眺めた。

川の向こうの道路は二車線になり、たくさんの車が行き来している。


三駅ほど進むと、この市で一番大きな大学病院が見えてきた。

さまざまな診療科《しんりょうか》があり、その中でもとくに脳神経《のうしんけい》外科と心臓《しんぞう》外科が有名なんだとか。

毎日たくさんの患者《かんじゃ》さんが名医《めいい》を求めて訪れると、近所の人が言っていたのを聞いたことがある。

駅から病院まで直結《ちょっけつ》していて、駅の反対側には大きなショッピングモールがある。

そこには映画館もあって、これからは定期が使えるのでいつでも寄り道できるのがうれしい。学校の最寄《もよ》り駅にはカラオケやファミレスもあるし、新しくできた友達ともたくさん遊べそう。

これからはじまる高校生活に、さらに期待《きたい》が高まる。

「遊ぶことばっか考えてないで、少しは勉強もするんだぞ」

いまだに私の横顔を呆れ顔で見つめる蓮には、考えていることが全部わかっちゃうようだ。

思えば昔からそう。

私は感情がすぐに顔に出るらしく、口にしなくても考えていることがわかると蓮に言われたことがある。

悔《くや》しい時や悲しい時は泣く。うれしい時や楽しい時は笑う。友達が悩《なや》んでいる時には必死に話を聞くし、誰かが困っている時には力になってあげたいって思う。

人には優しくしてあげなきゃいけないと、小さい頃から両親に言われてきた。

それは今でも私の中に強く根づいている。

蓮に言わせれば、私はバカ正直で素直《すなお》。そして単純《たんじゅん》、人を疑《うたが》うことを知らない性格をしているらしい。

さらには猪突猛進《ちょとつもうしん》で、こうと決めたら周りを見ずに突き進むところがあるから、目が離《はな》せないとも言われた。

自分のことには楽観的で〝なんとかなるでしょ〟が私の口ぐせだ。

自分でどうにもならない時は、いつも蓮が助けてくれた。

それは主に勉強面でだけど、テスト前や受験《じゅけん》勉強の時はすごくお世話になったし、これでも一応蓮には感謝《かんしゃ》している。

アンバランスなふたりだけど、私たちは親友以上の固い絆《きずな》で結ばれている。

例《たと》えるならそれは、家族の絆と似たようなものなのかもしれない。

それはこの先もずっと変わらないし、大人になっても永遠《えいえん》に続いていくだろう。

「聞いてんのかよ、バカ桃。勉強もちゃんとしろよって言ってんだけど」

「むっ、バカって言わないでよ」

「だって、本当のことだろうが」

「蓮の本性《ほんしょう》、高校ではみんなにバラしてやろうかな」

いや、冗談《じょうだん》抜きで。

こんな悪態をつくなんて、きっと高校でも誰も思わないだろうし。

爽やかな王子様のイメージを、どうにかして壊《こわ》してやりたい。

「バラしたって、誰が信じるかよ」

「そう思ってるところがムカつく」

余裕《よゆう》しゃくしゃくで笑う涼《すず》しげな横顔も、気に入らない。

「いいもん、高校では蓮のお世話にはならないから」

「へえ。じゃあ、勉強も俺がいなくて大丈夫なんだな?」

「うっ……そ、それは」

悔しい、ものすごく。

蓮は白い歯を見せて意地悪《いじわる》に笑う。

俺がいなかったら困るくせに。

その笑顔からはそんな意思《いし》が読み取れて、私はすねたように唇をとがらせるしかなかった。

私は誰とでもすぐに仲よくなれるし、友達も多いほうだと思う。

中学の時は二クラスしかなかったから、学年のほとんどの人が顔見知りで仲がよかった。

なに不自由なく、楽しかった中学校生活。

でも勉強面は中の下でほんとにダメ。

成績《せいせき》も下から数えたほうが早かったくらいだ。

どれだけ蓮に助けられたかはわからないほどで、今日から通う高校に合格できたのだって、蓮がつきっきりで勉強を教えてくれたからと言っても過言《かごん》ではない。

正直、私にはちょっとレベルが高い高校だったけど、制服がかわいくて昔から憧れていたから、なにがなんでも通いたかった。

だから、死ぬ気でがんばったんだ。

だけど、合格すればいいっていうもんじゃない。

これから先の学校生活のほうが長いんだよね。勉強についていけるかな。

なんて、とたんに不安になる。

もし、もしも。

留年するようなことにでもなったら、どうしよう。

勉強についていけなかったら？

いくら努力しても、かなわなかったら？

ダメだったら……どうしよう。

もしかして、浮かれてる場合じゃない？　もう少し自分の心配をしたほうがいいのかな。

私って基本的に頭悪いし……要領《ようりょう》だってよくない。

なんとかならなかったら、どうしよう。

ううん、今からそんな先のことを考えたって意味がない。

先のわからない未来のことを考えるよりも、今が楽しかったらそれでいいんじゃないの？

いや、でも、高校は中学と違って義務教育じゃないし、中学の時よりもっとがんばらなきゃいけない。

私にできるのかな。

なんて……ちょっとテンションが下がる。

「バカ、本気にするなよ」

ぷっとふき出すように口にされた言葉。

急におとなしくなった私を、蓮はクスクス笑っている。

笑うと目がクシャッとなって親しみやすさが増すけど、蓮は親しくない人の前ではあまり笑わない。

そして、基本的に誰にも心を開かない。

人当たりはいいけど、それは上辺《うわべ》だけだ。

「心配しなくても、桃なら大丈夫だろ」

「ほ、ほんと？」

「受験でもあれだけがんばったし、負けん気と根性だけはあるからな」

たしかに受験勉強はがんばったけど。

「なんとかならない時は、俺を頼れよ」

蓮は意地悪だけど、本当に困った時や悩んだ時は、いつも私の力になってくれる。

「ありがとう、さすが蓮！」

蓮が味方でいてくれるだけで、とても心強い。


電車を降りて改札《かいさつ》を出て踏《ふ》み切りを渡り、線路沿いの歩道をまっすぐ歩けば、約十分で学校へ着く。

歩道は狭くてふたり並んで歩くだけでいっぱいいっぱいだ。

同じ制服を着たたくさんの新入生の中にまぎれる私たち。今日は入学式だからみんな初々《ういうい》しい。私も蓮の親も仕事が忙《いそが》しいから来られなかったけど、なかには親が同伴《どうはん》している姿も見られた。「楽しみだね！」なんて言いながら、これからはじまる新生活にワクワクしている様子がうかがえる。

中学の時とは違う通学路。学校の周りは住宅街で、あたりは閑散《かんさん》としてくる。

校門の前にはでかでかと『入学式』という看板《かんばん》が立っていて、大きな桜の木が一本そびえている。

そこには満開《まんかい》の桜が咲いていて、風が吹くたびにハラハラとピンク色の花びらがあたりに舞った。

快晴の空とピンク色の花びらがとても綺麗で、思わず頬がゆるんだ。

「やっぱり私、桜の花って好きだなぁ」

桃っていう名前は、春生まれだからという理由でお父さんが名づけた。

お父さんの中の春のイメージはピンクで、柔《やわ》らかくて優しい春の陽《ひ》だまりのような暖《あたた》かい子になるようにという願いが込められているらしい。

柔らかくて優しい、春の陽だまり。

イメージとはずいぶんかけ離れているけれど、今の自分も私は嫌いじゃない。


「あ、桃! おっはよー!」

背後から弾《はず》むような明るい声がした。よく知るその声の主は、中学の時からの大親友、前園百合菜《まえぞのゆりな》のもの。

「おはよう、百合菜。朝から元気だね」

「なんだかワクワクしちゃってさ」

百合菜は、普段は背中まで伸びた長い黒髪を高い位置でポニーテールにしていたけど、今日はシュシュでハーフアップにした下ろし髪スタイル。

色白でスラリとしている百合菜は、パッチリとした大きな目に、笑うと涙袋《なみだ》ができるとても愛《あい》らしい顔をしていて。かわいいというよりは、美人というほうがしっくりくる大人《おとな》びたお姉さんタイプの女の子。身長も高くてモデル並みのスタイルを持つ彼女は、中学の時はそれはそれはよくモテていた。

そして、気立てがよくて優しくて、困ったことがあると相談に乗ってくれる頼もしい存在。

運動ができて、頭もよくて性格もいい、非《ひ》の打ち所がない完璧《かんぺき》な女の子。

そんな百合菜に憧れている女子はとても多くて、実は私もそのうちのひとりだったりする。

だって私はなにをとってもいたって平凡なんだもん。

せめてひとつくらい、自慢できるところがあってもよかったのに……。

なんて、完璧な百合菜といるとネガティブ思考になることも多々ある。

だけど次の日になればすぐに忘れてしまうのは、私の楽観的な性格のせいなのだろう。そんなところは我ながらお気楽だなと思う。

「須藤君も、おはよう」

百合菜は私の隣にいる蓮を見てにっこり笑った。

愛嬌《あいきょう》のある天使《てんし》みたいな笑顔が、大人びていてとても綺麗。

こんな顔を向けられたら、普通の男子ならひとたまりもないはずだ。

「はよ」

だけど蓮はそんな百合菜に表情ひとつ変えず淡々《たんたん》と返す。

「朝からテンション低いねー！　高校生活のはじまりだよ？　明るくいこうよ、明るく！」

「そういうテンション、めんどくさい」

「めんどくさいって。相変わらずだなぁ、須藤君は」

百合菜は人見知りせず誰にでも声をかけて仲よくなるタイプ。

普段は猫かぶりの蓮も、百合菜には私同様、素《す》の姿を見せている。

蓮が女子に心を開いているのは、私と百合菜くらいだ。

三人で校門をくぐると、その瞬間《しゅんかん》に優しい風が吹いてあたりに桜の花びらが舞った。

周囲に目を向ければ、遠くのほうで校庭に植えられた何本もの桜の枝がそよそよ揺《ゆ》れている。

どうやら花びらはそこから舞ってきたらしい。

「桃、どこ行くの？　クラス表見にいこうよ」

桜の花びらに誘《さそ》われるように、私の足はクラス表が貼《は》りだされている人だかりではなく、ひと気のない校庭へと向かう。

「ごめん、蓮と先に行ってて」

「えっ？　ちょっと！」

「すぐ追いかけるからー！」

次第に早足《はやあし》になる私。うしろでは百合菜が「もう」と呆れた声を上げている。

蓮はそんな百合菜に「いつものことだろ」と苦笑《にがわら》い。

だって、桜が気になるんだもん。

中学の時とは比べものにならないほどの大きな校舎。

角を曲がると校舎は横に広がっていて、曲がった先が生徒玄関になっていた。

玄関の正面に校庭《こうてい》があって、十段ほどの階段を下りるとグラウンドへとつながるようだ。

「わぁ、すごい」

目の前に広がるピンク色の景色。

フェンス沿《ぞ》いにズラリと並んだ桜の木が、どれも見頃を迎《むか》えている。

風が吹くたびに花びらが舞って、幻想《げんそう》的な雰囲気《ふんいき》に思わず見惚れてしまった。

桜に対してこんなに関心や興味を示してしまうのは、きっと私が春生まれだからということも関係しているんだと思う。

こんなに綺麗な景色なら、いくら見ていたって飽《あ》きないよ。

あ、そうだ！

記念に写真でも撮《と》ろう！

カバンの中に手を入れてスマホを探す。

黒のピカピカのスクールバッグからは、新品特有の匂《にお》いがした。

なかなか見当たらず、覗《のぞ》き込むようにしてカバンの中を探る。

「あったあった。えーっと、カメラはたしか……」

一週間前に買ってもらったばかりのスマホはまだ使いこなせていないので、どうしてもたどたどしい手つきになってしまう。

カメラモードにしたものの、フィルターがかかっているようになぜか画面がボヤけている。

景色《けしき》を綺麗に撮影するには、どうしたらいいんだろう……。

あちこちスマホを触っていると、指が勝手にボタンを押してしまったらしくムービーモードに切り替わった。

「あ、あれ？　どうやって静止画に戻すんだっけ……」

このボタンかな？　そう思って指を伸ばした時だった。

うしろから足音が聞こえた。人の気配がして、思わずハッとする。

うかがうように恐《おそ》る恐る振り返る。

するとそこには、気だるげな表情で立つ男子の姿があった。

身長は蓮と同じくらいか、それよりも少し高め。

両手をポケットに突っ込み、脇《わき》にスクールバッグを抱《かか》えているその男子は、まっすぐに桜を見上げている。

同じ新一年生だろうか。

制服にはシワひとつなく、真新しい感じがする。スクールバッグも私同様、新品だ。

思わずまじまじと見つめてしまう。

だけど彼は私の視線に気づいていないのか、こっちを見ようとはしない。

一言で表すとクールで無口なイメージ。

奥二重のスッキリとした印象《いんしょう》の瞳に、スッと伸びた鼻筋《はなすじ》、薄いピンク色の唇。

すごく整った顔をしているうえに、小顔でスタイルも抜群。

さらには体格もよくて、肩幅なんかもがっしりしている。そのせいか、学ランがすごくよく似合っていた。

無造作《むぞうさ》にセットされた黒髪は太陽の光に照らされて、キラキラとまぶしくて。

カッコいい。

そんなふうに思ってしまった。

こんなに見つめていたらさすがに気づかれるんじゃないかと思ったけど、彼はただ目の前の桜を見上げているだけ。

ダメだ、見惚れている場合じゃない。

もう少し桜を目に焼きつけなきゃ。

彼のことは、気にしない気にしない。

だけど。

無表情の男子は、桜を見ても感動するどころか笑うこともせず、感嘆《かんたん》の声をあげることもない。

切《せつ》なげで、儚《はかな》げで、そして寂しそう。

普通なら、ちょっとぐらい表情がゆるんだりするよね？

だけど彼は眉ひとつさえ動かすこともなく、どちらかというと楽しくなさそうな顔をしている。

この人はなにを思いながら桜を見ているんだろう。

その時、ひときわ強い風が吹いて、桜の枝がザワザワ揺れた。

上から桜の花びらが落ちてきて、あたり一面がピンク色に包まれる。

「あ……」

思わず小さな声がもれた。

すると、その声が届いたのか、男子の視線がゆっくりと私に向けられて。

無表情でなにを考えているかわからないその瞳が、私を捉《とら》えた。

鋭く射抜《いぬ》くような目つきと、一文字に結ばれた唇。

無造作にセットされた彼の髪が、風になびいて揺れている。

なんて澄《す》んだ目をしているんだろう。

心の奥の深い部分まで見透かすような、まっすぐな瞳。

なぜだかわからないけど、その力強い瞳に吸い込まれそうになった。
ダ、ダメだ。
緊張して、顔が見られない。

ドキッとしたのもつかの間、スマホを持っていないほうの人差し指が画面に触れた。

——ピコン。

「え……？」

な、なに……？

聞き慣れない音に困惑《こんわく》する。

スマホの画面を見ると、隅《すみ》っこにＬＩＶＥという文字が点滅《てんめつ》して、秒数のカウントまではじまっている。

もしかして、ムービー撮ってる……？

や、やばっ！

しかもスマホは男子のほうを向いていて、バッチリ画面にその姿が映ってしまっている。

カメラ目線でこっちをじっと凝視しているその顔は、やっぱりイケメンだ。

桜の花びらが彼の周りをひらひら舞って、とても幻想的で綺麗な画が撮れている。

スマホの画面の中で目が合い、再びドキッとした。

すると、低く不機嫌《ふきげん》な声が聞こえた。

「なに隠し撮りしてんだよ」

眉を寄せて、明らかに迷惑《めいわく》そうな表情を浮かべている彼。

そりゃそうだ、誰だって突然ムービーなんか撮られたら嫌な思いをするに決まっている。ましてや知らない人にされたなら、なおさらだ。

「ご、ごめんなさいっ！　すぐ止めるから！」

あわてて画面をタップして撮影終了ボタンを押す。

敵《てき》でも見るような鋭い目つきを私に向けて、目の前の彼は怒《おこ》っているように見える。

私は気まずさを抱えながら、手にしていたスマホをカバンの中にそっとしまった。

「ストーカーとか、勘弁しろよな」

「え？　ス、ストーカー……？　って、誰が？」

ビックリしすぎて思わず目を見開く。

「あんただよ」

「わ、私？」

「それ以外に誰がいるんだよ」

さっきよりもさらに鋭くなる目つき。

顔が整っているだけに、にらまれると心臓が縮《ちぢ》みあがりそうなほど怖い。

私が悪いのは認《みと》めるけど、そんなににらまなくたって……。

「えーっと、誤解《ごかい》を招いてしまったようで申し訳ないんですが……私はストーカーじゃありません。ムービーは、たまたま手が当たって……そしたら、偶然《ぐうぜん》あなたがそこにいたといいますか」

ダークなオーラをはなつ彼と目を合わせるのもおっくうで、うつむきながらそう説明しつつも、さらには声が小さくなってしまった。

「いるんだよな、そうやって言い訳《わけ》するやつ」

はぁとため息をつきながら、その声音は私の言い分なんてまったく信用していない。

「あ、いや。言い訳じゃなくて、ほんとのことなんだけど……」

だいたい、私は桜を撮ろうとしてただけだし。

初めて会った人にストーカーなんてするわけないよ。

「そうやって、絶対に自分が悪いって認めないんだよな」

「え、あの、だから……」

恐る恐る顔を上げる。

完璧に私を悪者だと決めつけるような鋭い視線を向けられていて、思わず肩が小さく揺れた。

ち、違うんですけどー！

そう言いたいのに、言葉が出てこない。

「えっ、と、だから……誤解」

「あんたみたいなやつが、この世で一番嫌い」

私の言葉をさえぎるようにしてそう言い切られ、とても冷たい軽蔑《けいべつ》の眼差しを向けられた。

「えーっと……だから、それはちが」

「往生際《おうじょうぎわ》の悪いやつだな」

最後まで言わせてもらえず、その上聞く耳さえ持ってもらえない。見ず知らずの人に、どうしてここまで言われなきゃいけないいんだろう。

この世で一番嫌い……とか。

そんなことを言われたら、いくら知らない人からの言葉だとはいえ、ちょっとヘコんでしまう。それに、他人からこんなに冷たい目を向けられるのは初めてで、それだけでもなんとなく萎縮《いしゅく》してしまう。

完全に私が悪者で、居心地《いごこち》が悪いったらない。

早くここから立ち去りたいけど、このまま誤解されっぱなしは嫌だ。

私は意を決して拳《こぶし》をギュッと握《にぎ》りしめた。

「ほ、ほんとに違うからっ！　私は桜を撮ろうと思っただけなんだからね！　だいたい、あなたにだって今日初めて会ったんだし、そんな人にストーカーなんてするはずないでしょ！」

うぬぼれないでよ！

本心ではそこまで言ってやりたかったけど、見ず知らずの、ましてや身体の大きい男子を相手にケンカを売るようなマネはできなかった。

「じゃあ、そういうことだから」

それだけ言うと、私は踵《きびす》を返してさっき来た道を引き返した。

背中に突き刺さる痛いほどの視線。きっとさっきと同じように軽蔑の眼差しでこっちを見ているんだろう。

それにしても……、私がストーカーだなんて、冗談じゃないよ。

考えれば考えるほど、あとになってじわじわと怒りがこみあげてきた。

一方的に決めつけて、人の話も聞かないなんてありえないよ。

カッコいいって思ったけど、中身は最悪じゃん。

ああ、もう！　すごくムカつく。

せっかくの入学式なのに、気分が台なしなんですけど！

撤回《てっかい》。

カッコいいなんて思ったのは、なにかの間違いだ。

ありえないよ、あんな性格の悪い人。

あーもう！

考えたらムカつくから、思い出したくない。

知らないよ、あんなやつ。

そう言い聞かせて歩を進め、クラス表の人だかりの中に混ざって蓮と百合菜の姿を探した。

意外なきみの素顔《すがお》

入学式から五日が経《た》った。この土日で桜の花は見事に全部散《ち》ってしまい、少し寂しい気持ちになる。

新しいクラスは同じ中学からの知り合いがほとんどいなくて、さらには蓮や百合菜ともクラスが離れてしまった。

一年生だけで十クラスあり、私は四組で蓮と百合菜が十組。

十組は廊下《ろうか》の端《はし》っこの奥の奥なので、目的地としてそこに行かないと、校内でふたりに出くわすことはほとんどない。

朝一緒に登校してから、放課後《ほうかご》まで顔を合わせないなんてことはザラだ。

中学の時はいつもふたりと一緒だったから、最初はとても心細くて不安だった。

だけど、その不安は入学式の次の日には消し飛んでいた。

そんなところが蓮に楽観的と言われるゆえんなのかな。

机にうなだれていると、前の席の椅子《いす》がカタンと音を立てた。

「桃、おはよう」

それと同時にかけられる優しい声。

私は勢いよく顔を上げて、目の前にいる人に笑顔を向ける。

「おはよう！」

彼女は高校に入ってからすぐにできた友達の、戸川皐月《とがわさつき》。

入学式の日にキョロキョロあたりを見回して誰に声をかけようか迷っていた皐月に、うしろの席にいた私から声をかけたことがきっかけで仲よくなった。

基本人見知りをしない私は、誰とでもすぐに仲よくなることができる。

だから皐月に声をかけることには、なんのためらいもなかった。

皐月は私よりも背が低くて、色白で華奢《きゃしゃ》で、チワワのようなクリクリの目をしている。

どこか儚げで頼りなくてふわふわしていて。

女子の私から見ても、守ってあげたくなっちゃうようなかわいい女の子。

だけど話してみると意外にもしっかりとした自分の考えを持っていて、芯《しん》が強くてブレなくて、まっすぐで。それでいて、意外とサバサバしているところもあったり。

案外《あんがい》ガンコな一面もあるんだよね。

そうかと思えば忘れ物が多かったりして抜けてるところがあるし、なにもない所でよくつまずくなど、ドジなところもあるからほうっておけない。

皐月はオシャレが大好きで、手先が器用だからメイクも上手《じょうず》。

腰《こし》まで伸びた栗《くり》色の髪の毛を綺麗に巻いて、指先まで手入れを怠《おこた》らない。

私にはない女子力を持ち合わせていて、うらやましい限りだ。

他校に彼氏がいることも最近知った。

「一限目から体育って、だるいよね」

同意するようにうんうんとうなずくと、皐月は「あ、そういえばさぁ」と食い入るように私を見つめた。

明るくておしゃべり大好きな皐月は、休み時間のたびに話題を振ってくる。でもそれは陰口《かげぐち》や悪口じゃなくて、昨日家でなにがあったとか、ドラマとか好きなアイドルに関してのことが多くて、時には笑いも交《まじ》えて話してくれるから聞いていて飽きない。

人を楽しませるのが上手で、自分のことだけじゃなく、私の話も聞いてくれる。

だから一緒にいてとても楽しいし、私たちの間には笑いが絶えない。

百合菜が優しいお姉さんタイプなら、皐月は天真爛漫《てんしんらんまん》でお茶目《ちゃめ》な妹タイプ。

「桃って、ほんとは付き合ってる人がいるの？」

皐月はなぜか、私の耳もとに顔を寄せて小声になった。

「えっ？　なに、いきなり」

突拍子もない質問に少しビックリ。

「あのね、昨日の帰りに、桃が男子とふたりで仲よく帰っていくのを見たって言う友達がいてさぁ」

皐月は同じようにヒソヒソ声で続けた。

昨日の帰り……？

男子とふたりで……？

それって、もしかして。

「蓮のことか。ないない！　ただの幼なじみだよ」

蓮との仲を勘違《かんちが》いされることは、中学の時にもよくあった。

私が否定《ひてい》しても信じない人や疑う人が多かったけど、何度も何度も繰り返し否定するうちに、だんだんとみんな信じてくれるようになった。

蓮の身長が伸びはじめて、モテはじめたのも同じ頃だったような気がする。

「なぁんだ、幼なじみか。桃の恋《こい》バナが聞けると思ったのにな」

落胆《らくたん》するように肩を落とす皐月。

「あはは。恋バナねぇ。あったらいいんだけど」

皐月に明るく返す。

「でもさぁ、幼なじみって憧れるなぁ！　漫画《まんが》とかドラマでも、幼なじみ同士の恋愛《れんあい》ってよくあるよね。ちょっとぐらい、ときめいたりするんじゃないの？」

皐月はあきらめきれないと言わんばかりに、食い下がってくる。

「私と蓮は生まれた時からずっと一緒で、兄妹みたいなもんだからね。そんな目で見たことすらないよ」

私はそんな皐月に微笑《ほほえ》みながら返した。

それは、蓮も同じだと思う。蓮は私のことを、手のかかる妹くらいにしか思っていないはず。

「なぁんだ、つまんないの。じゃあ、ほかに気になる人はいる？　カッコいいなぁって思う人とか」

「えー……？　そんな人……」

ガタッ。

そう言いかけた時、隣で椅子を引く音がした。

スクールバッグをドサッと机の上に置き、耳にはイヤホンをして音楽を聴《き》いているであろうその人。

無愛想《ぶあいそう》でクールで、相変わらず人を寄せつけない冷たい空気をまとっている。

そう、彼は入学式の時に私をストーカーだと勘違いした、失礼な男子だ。

まさか同じクラスになろうとは、あの時は夢にも思わなくて。

あとから教室に来た彼の姿にギョッとしてしまった。思わず目が合ってしまい、彼も私に気づいて目を見開いていたけれど。

不意《ふい》にプイと顔をそらされ、幸いにも彼はそれ以降私に絡《から》んでくることはなかった。

私もまたストーカー呼ばわりされるのが嫌で、無意識《むいしき》に関わることを避《さ》けてしまっている。

結局誤解が解けたかどうかはわからないけど、隣にいても目が合うことはないし、その話題を蒸し返すのもどうかと思って放置《ほうち》しているんだ。

っていうか、謝《あやま》ってもらってないことだけが気になるんだけどね。

「あれ、もしかして水野《みずの》君に気がある？」

肩をツンツン突つかれハッとする。

皐月はニヤニヤしながら私を見ていた。

「そ、そんなわけないじゃん！　やめてよー！　ありえないからっ！」

ないないと、身振り手振りで否定する。

ありえない。

そりゃ、最初に見た時はカッコいいって思ったけどさ。

でも、性格が最悪だもん。

水野春《しゅん》、それが彼の名前。

「水野君、カッコいいじゃん。クールで近寄りがたいけど、そこがまたよくない？」

「やめてよ。皐月も知ってるでしょ？　私とやつの最悪の出会いを。ストーカー扱《あつか》いされたんだよ？　それなのに、気があるわけないじゃん」

「まぁ、あのルックスだからね。すごく目立つし、ストーカーされた過去《かこ》があるのもうなずけるよ。トラウマになってても、おかしくないかもね」

「だけど、いきなりストーカー呼ばわりだよ？　人の話も聞かずにさぁ」

思い出したら、だんだんと腹が立ってきた。

どれだけ自分のルックスに自信があるのか知らないけど、初対面《しょたいめん》であれはないいんじゃないかな。

チラリと隣を見ると、水野君はイヤホンで音楽を聴きながら机に突《つ》っ伏《ぷ》していた。

数日前、水野君と仲よくなろうとした男子が彼に話しかけても、無表情に「ああ」とか「うん」とか返事をするだけで会話が広がらない場面に遭遇《そうぐう》した。

というよりも、隣の席だから嫌でもそこにいただけなんだけど。

必死に歩み寄ろうとしている男子に、話しかけるなという空気を前面に押し出して、最後にはスルーを決め込んで反応しない始末《しまつ》。

それを見て、この人はよっぽど性格が悪いんだと思った。

だって、普通ならそんな対応しないでしょ。

友達がほしくないのか、水野君は常にひとりでいる。

人となれ合おうとしない彼に、男子は構《かま》うことをしなくなり、女子もまた遠目から見ているだけ。

今ではもうそんな光景が当たり前になりつつある。

「ウワサで聞いたんだけど、水野君ってサッカーがうまいらしいよ。なんでも、クラブユースの選手だったとか。でも、問題を起こしてやめちゃったんだって」

「問題？　どんな？」

「うーん、私も聞いた話だから信憑性《しんぴょう》に欠けるんだけど」

そんな前置きをしたあと、皐月はさらに声を潜《ひそ》めて話を進めた。

「ウワサではチームで仲がよかった友達と大ゲンカしたんだとか。聞いた話だから、どこまでほんとのことなのかはわからないんだけど」

「……ふーん」

そうなんだ？

サッカーしてたんだ。まぁ、たしかに体格がいいし、スポーツをしてそうな筋肉のつき方をしているもんね。

「ふーんって……ちょっとは興味を示そうよ」

「そう言われてもなぁ」

シレッと返すと、皐月は苦笑いを浮かべた。

「冷たいなぁ。ちょっとは気にならない？　水野君ってクラスでは浮いてるっていうか、異質《いしつ》な存在だし。カリスマ性はあるけど、なにか闇《やみ》を抱えてそうじゃない？」

「っていうか、皐月は彼氏がいるんだから、ほかの男子のことなんて気にしたら、彼氏が怒るんじゃないの？」

質問されたことはスルーして、今度は私が攻《せ》める番。

「やだぁ、そんな意味で気にしてるんじゃないから。それに、私たちはラブラブだから大丈夫だよ！」

頬をまっ赤にして、皐月は満面《まんめん》の笑みを浮かべる。

彼氏のことが大好きだということが、その表情からひしひしと伝わった。

「そういえば、昨日電話で彼氏がね……」

それからは水野君のことなんて忘れて、皐月のノロケ話で盛り上がった。

付き合いたての彼氏は遠く離れた高校で寮《りょう》生活をしているから、なかなか会えないんだとか。

でも毎日電話やメッセージのやり取りをしてるから、寂しくないとも言っていた。

いつか私も、皐月みたいに彼氏ができたりするのかな。

今まで恋愛なんて興味がなかったけど、高校生になったわけだし、彼氏がほしくないわけじゃない。

いつか誰かを好きになったら、私も皐月みたいにかわいくなれるのかな。

「ごめんね、お待たせ！」

「俺も今来たところ」

蓮が右手で眼鏡の位置を整えながら、フッと唇をゆるめた。それはいつもの蓮の仕《し》草《ぐさ》で、見慣れているせいなのかとても安心させられる。

どちらからともなく歩きだし、校門を出て駅へと向かう。

時には百合菜も一緒で、部活がない日は三人で帰ることもあった。

ちなみに百合菜は茶道《さどう》部に入っている。

蓮は中学の時は柔道部だったけど、高校では続けるつもりはないらしく、私と同じ帰宅《きたく》部だ。

どうやら目指す大学があるらしく、勉強に専念《せんねん》したいらしい。

その証拠《しょうこ》に平日は週四で塾《じゅく》に通っている。

私には無理、とてもマネできない。

毎日毎日、放課後までそんなに勉強なんかできないよ。だけど蓮は文句《もんく》も言わずに、ただ前だけを見て目標に向かってひたすらがんばっている。

蓮なら私たちが通っている高校より、もっと上の高校も狙《ねら》えたのに、どうしてレベルを下げたのかは今でもわからない。

理由を聞いてもはぐらかされてばっかりで、教えてくれないんだ。

夕方の時間帯の電車は帰宅ラッシュにはまだ早く、余裕で座ることができた。

蓮は今日も塾のようで、隣で参考書《さんこうしょ》を広げながら小難《むずか》しい表情を浮かべている。

こんな時は話しかけてもいいかげんな返事しかしてくれないので、私は邪魔《じゃま》をしないようにおとなしくスマホを触っていた。

友達がＳＮＳに投稿《とうこう》したものを順番に流しながら読んでいく。高校で新しくできた友達と遊びにいったり、新生活のことを投稿している友達がほとんど。

みんなとても楽しそうで、たくさんの笑顔がそこにはあった。

そして、ひとつの投稿に目が止まる。

「あ、そういえば……！」

思わず大きな声を出してしまった。

「なんだよ、急に」

蓮が参考書から視線を外し、何事かと私を見る。

「ごめん。観《み》たかった映画、今日までだったなぁと思って」

友達の「＃映画に行ったよ」「＃明日が最終日」というハッシュタグを見て思い出した。

本当は春休みの間に観たかったけど、結局行けなかったんだ。

『間もなく到着します。お出口は右側です』

車内アナウンスが響《ひび》いて、それがちょうど映画館がある駅だった。

「ごめん、蓮。私、映画観てから帰るね！」

「え？　は？　おい」

「ごめーん！　また明日！」

困惑する蓮を車内に残して、私は電車を飛び降りた。


電車を降りた私は、迷うことなくショッピングモールに続く出口へと突き進む。

大きな駅だから出口がいくつもあって、さらには学生たちの姿がたくさんあった。

みんな友達とはしゃいで楽しそうにしている。

その中に混ざるようにして、私もショッピングモールを目指した。

ひとり映画なんて普段はしないけど、この映画だけはどうしても観たくて、そう思ったら我慢《がまん》ができなかった。

ショッピングモールの五階にある映画館では、平日だからなのかチケット売り場はそこまで混雑しておらず、すんなりチケットを買うことができた。

映画までにはまだ少し時間があったので、売店の前をウロウロする。

お腹《なか》が空《す》いたけど、今食べたら絶対に夜ご飯《はん》が入らないよね。
そうなったら確実にお母さんに怒られる。
我慢するしかないかな。
そんなことを考えていると、目の前を人が横切った。
ぶつかりそうになり、うしろへ一歩下がると今度はほかの人に背中が当たった。
「す、すみません」
そう言いながら振り返る。
するとそこには、ポップコーンを片手にあからさまに迷惑そうな顔をした人が。
そして。
「げっ」
思わず心の声がもれた。
無意識に眉間《みけん》に思いっきり力が入り、頬が引きつる。表情にも出てしまった。
どうして水野君がここにいるの？
こんな所で会うとか、信じられないんだけど。
水野君は怪訝な表情で眉を寄せて、まっすぐに私を見下ろしている。
背が高いから、どことなく上からにらまれているような気がしないでもない。
〝なんでお前がここにいるんだよ〟

水野君の冷《さ》めた瞳がそう語っていた。

だけど、そう言いたいのは私も同じなわけで。

どうしてこんな所で会わなきゃいけないんだろう。

「またかよ、ストーカー」

どう言おうか迷っていると、先に水野君の口から信じられない言葉が飛び出した。

淡々としているけど、怒っているというよりも、呆れているといったような声。

「映画館までつけてくるとはな」

「だ、だから私はストーカーじゃないってば！」

「ウソつけ、こんな所まで来やがって」

フンと鼻で笑いながら、なんてふてぶてしい態度だろう。

「観たい映画があったからだよ！」

学校では目も合わないし、私たちは友達と呼べる間柄《あいだがら》でもない。

それなのに変わらずストーカー扱いするとか、どれだけ自意識過剰《かじょう》なんだろう。

こっちは迷惑してるんだからね。

やっぱり水野君は苦手だ。

誰とでも仲よくなれるタイプの私でも、水野君だけは無理。絶対に。

思い込みが激《はげ》しすぎだし、言いたいことをズバズバ言って失礼極《きわ》まりないったらありゃしない。

水野君は不服《ふふく》そうに私を見ている。

まるで私がすべて悪いというように。

「ぶ、ぶつかったことは謝るけど、それ以外はなにも悪いことしてないから謝らないよ。っていうか、謝ってほしいのは私のほうなんだからね」

初対面からストーカー呼ばわりされて、違うって言ってるのに信じてくれない。

そこまで疑《うたぐ》り深いのもどうかと思うんだけど。

だけど男子が相手だし、とくになにを考えているかわからない水野君だし、問題を起こしたというウワサのこともあるし。

内心ではビクビクしてしまう。

「なんで俺が謝るんだよ」

「ストーカー呼ばわりするからでしょ」

「だって、実際そうだろ」

「だからー、違うってば！　言っとくけど、水野君は私のタイプじゃないから！　私のタイプは笑顔が素敵で、内面のよさとか優しさが表情や雰囲気からじわじわあふれ出てる人なんでっ！」

真顔《まがお》で力説《りきせつ》してやった。だってやっぱり、いつまでも勘違いされたままじゃモヤモヤする。

「私は水野君のこと、これっぽっちもなんとも思ってないからっ！　だから、勘違いされるのは本当に困るんだよ」

顔が火照《ほて》って、呼吸《こきゅう》が荒くなる。

ここまではっきりきっぱり、誰かにものを言ったのは初めてだ。

でも、疑いが晴れるならどう思われたっていい。どうせ嫌われているだろうから、今以上に心証《しんしょう》が悪くなったって一緒だもん。

私のすごい剣幕《けんまく》に気圧《けお》されたのか、水野君はさっきまでとは違って、ポカンと口を開けてあっけに取られている。

でも後悔《こうかい》はない。言いたいことが言えて、むしろスッキリしているくらいだ。

心を落ち着かせようと、ゆっくりと息をはく。

しばしの沈黙のあと。

「ぷっ」

え、笑った……？

まさか、あの水野君が？

「タイプなんて聞いてねーし。はは、面白《おもしろ》っ」

信じられないことに、水野君が目を細めて笑っている。

ウソでしょ、今までの冷たい態度が一変して満面の笑みを浮かべている。

こんな顔で笑うんだ……？

水野君は私の驚《おどろ》きの視線に気づくと、バツが悪そうにプイとそっぽを向いた。

そしてコホンと咳払《せきばら》いをひとつする。

「悪かったな、俺の勘違いで」

「え？」

今、謝った……？

小声で聞き取りにくかったけど、たしかに謝罪《しゃざい》の言葉に聞こえた。

「信じられない」

どういう風の吹きまわし？

だって、あの水野君だよ？

笑ったうえにあっさり謝罪するなんて、予想外すぎて拍子《ひょうし》抜けしてしまう。

「どういう意味だよ、それ」

再びジロリとにらまれ、ギクリとする。

「あ、いや。えっと！　水野君が謝るとは思ってなくて」

「悪いと思ったら謝るだろ。つーか、謝れって言ったのはそっちだしな」

「まぁ、そうなんだけど……」

先ほどまでの彼への怒りはどこへやら。

あっさり謝ってくれたことにビックリして、一瞬でそんなことは吹き飛んだ。

「謝ったら謝ったで、そんな反応をされるとはな」

「うっ」

だって、仕方ないじゃん。私としては本当に意外だったんだから。

とは言えず、そうこうしている間に館内《かんない》アナウンスが流れた。どうやら私が観たかった映画の案内がはじまったようだ。

少女漫画を脚本《きゃくほん》にした、高校生が主人公のベタな恋愛映画。『あの時、たしかに好きだった』っていうタイトルは、聞いただけでもちょっと恥《は》ずかしく思える。

でも、それでも観たいんだ。

これ以上ここにとどまっている理由も見当たらず、とまどいながらもこの場を離れようとする。

「あ、あの、じゃあね。映画がはじまるから。謝ってくれて、ありがとう」

私がお礼を言うのもおかしいけど、早くこの場を離れたかった。

「じゃあな」

私が離れようとしたのを察《さっ》してくれたのか、水野君は私より一足《ひとあし》早くスタスタと去っていった。

一八〇センチはありそうなうしろ姿。オーラがあってひときわ目立つ水野君が歩くたびに、周りの女子高生たちが振り返って見ている。

悔しいけど、モテ要素《ようそ》を兼ね備えたイケメンなのは認めざるを得ない。

あれ？

そういえば、水野君も映画を観るのかな。

ここにいるってことは、きっとそうなんだよね？

ポップコーンを持ってたし、いかにも〝今から観ます〟といった感じだ。

でもまぁさすがに恋愛映画は観ないでしょ。

水野君は誰かを探しているのか、キョロキョロとあたりを気にしているように見える。気になったけど時間が迫《せま》っていたので、とりあえずトイレをすませることに。

その後一応水野君の姿を探したけど、どうやらすでに中に入ったようだった。

私も受付のスタッフにチケットを渡して目当てのスクリーンへと入る。

最終日だからなのか、わりと小さめのスペースでこぢんまりとしている。観客もポツポツとまばらに埋《う》まっているだけで、公開されたばかりの頃の満員御礼《まんいんおんれい》がウソみたいに思えた。

それでもやっぱりお客さんはカップルばかりで、ひとりで来ている自分が少しだけみじめに思える。でも、それでもいいんだ。

映画を観る時、席はいつも一番うしろのどまん中と決めている。中央が埋まっていたら、その両隣と広げていき、なるべく首を動かさずに全体を見渡せる場所がお気に入り。

今日はどまん中とその左隣が埋まっていたので、どまん中からひとつ空《あ》けた右隣の席を選んだ。

座席のそばまで来た時、どまん中の席に座っていた女子高生の姿が目に入った。

名門で知られるお嬢様《じょうさま》学校の、グレーの清楚《せいそ》なワンピースタイプの制服を着ている。

胸もとにはエンジ色のリボンが飾《かざ》られていて、女子の憧れの制服だった。

黒髪のボブカットの、おとなしそうな女の子。

顔はよく見えないけど、全体的に小柄で華奢な子だった。

どうやらデートで来ているようで、隣には彼氏らしき人が座っている。

小さな声でヒソヒソとやりとりをしていた。

目を凝《こ》らしてよく見てみると。

ん？　あれって……。

水野君……？

女の子の隣に座っている人のシルエットが明らかにそうで、思わず移動する足が止まってしまう。

水野君は女の子に対していつものぶっきらぼうなそぶりを見せることなく、真剣に耳をかたむけて時には相槌《あいづち》を打ったりなんかもしているようだ。

もしかして、彼女かな？

デートで映画を観にきたの？

彼女がいたことにビックリだけど、これだけカッコよかったら彼女がいても不思議ではない。

でも恋愛映画とか観るんだ……？

さっきも会ったばかりだし、なんだか気まずいんだけど。

気づかれないようにそっと近寄り、女の子の右隣の席にストンと腰を下ろした。

「春ちゃん、今日はありがとうね。私のワガママ聞いてくれて」

「べつに、気にすることないから」

近距離《きんきょり》にいるせいか、ふたりの話し声が聞こえてくる。

チラリと横目で見ると、無邪気《むじゃき》な女の子の笑顔があった。

おいしそうにポップコーンをほおばっている。

愛嬌があってかわいらしい、でもちょっとか弱そうな子だ。

すぐに折れてしまいそうなほど細くて、素朴《そぼく》で儚い印象を受ける。

ふーん、水野君ってこんな子がタイプなんだ。

人に対して興味がなさそうだから、恋愛にも興味がないと思っていた。

しかもめちゃくちゃお似合いだし。

「ほんと、ありがとう……」

ズズッと鼻をすする音がした。

え？

その様子に、思わずじっと凝視してしまう。

女の子は「ごめんね、こんなんで」と言いながら、涙をぬぐっているみたいだ。

泣いてる？

映画に付き合ってくれたことが、泣くほどうれしかったってこと……？

だけどうれし泣きというよりも、悲しくて泣いているような雰囲気が伝わってくる。

「泣くなよ。どうしていいかわからなくなるだろ」

水野君の声が聞こえる。ぶっきらぼうな言葉だけど、その声にはどことなく優しさが含《ふく》まれているような気がする。

私と話す時とは大違いだ。

「う、うん、ごめんね……っ」

「相変わらず泣き虫だな、瑠夏《るか》は。ま、俺がそうさせてんのか……」

「そんなこと、ないよ……悪いのは、勝手なことを思ってる私だもん。もう、ほんとに続けるつもりはないの？　春ちゃんは、それでいいの？」

「………………」

黙《だま》り込む水野君。

今はまだ予告編《よこくへん》を流しているところだけど、なにもこんな所でそんな話をしなくても。

けれど、それ以降水野君はだんまりで、なにも言おうとはしなかった。

女の子から目をそらすように、不意に水野君が顔を上げた。

その瞬間思いっきり目が合ってドキリとする。

透《す》きとおった綺麗な瞳。

や、やばい。

見てたのがバレちゃった。

水野君は驚いたように目を見開き、そしてそれはだんだんと鋭い目つきに変わっていった。

〝なんでお前がここにいるんだよ〟

そう言われているのがわかって、内心ますます焦ったけれど。

これは単なる偶然で不可抗力《ふかこうりょく》的なもの。

そんなに責《せ》められても困るんだけど……。

それにしても、またストーカーだと思われてる？

あれだけ否定したんだもん、それはないよね。

でもどうして行く先々で遭遇しちゃうんだろう。

とことんついてないや。

「春ちゃん……ごめんね。よけいなこと、言っちゃった。でも、私はやめないでほしいと思ってる」

水野君はしばらく私を見ていたけど、女の子の涙声につられて私から視線を外した。

「……ごめん」

しばらくしてから絞りだされたその声は、クールで淡々としている水野君のものだとは思えないくらい、とても苦しげで切なげなものだった。

彼女の前だと感情表現が豊かで、学校にいる時とはまるで別人だ。

水野君にも人間らしい感情があったのかと感心する。

スクリーンに集中しようと思うのだけど、すすり泣く女の子のことが気になって、なんだかそわそわしてしまう。

「泣くなよ。な？」

「うーっ……だって」

「いい加減《かげん》泣きやめって。そろそろはじまるぞ」

こんなふうに優しく声をかける水野君を私は知らない。

当たり前だ。私は水野君のことをほとんどなにも知らないんだから。

知りたいとも思わなかったし、知ろうとも思わなかった。

むしろ関わりたくないとさえ思っていた。

思わず横目でチラリと様子をうかがうと、唇を噛《か》みしめながら女の子の背中をなでる水野君がいた。

スクリーンの光を受けて、まるでなにかを悔《く》やんでいるかのような表情が浮かびあがる。

こんな顔、見たことない。

なぜだかわからないけど、胸が締《し》めつけられた。

「ごめんね……っ、もう、大丈夫」

そう言って無理やりニコッと微笑む女の子。

もう大丈夫と言いながらも、その言葉の語尾《ごび》は震《ふる》えている。

強がりだってことは一目瞭然《いちもくりょうぜん》。

女の子がパッと顔を上げた瞬間、水野君は口角を持ち上げて優しく微笑んだ。

さっきまでの苦しげな表情は一瞬にして消え去り、何事もなかったかのよう。

映画の内容自体は泣ける要素がたくさんで、胸キュンやドキドキもあってとても面白かった。でも、だけど。あれほど観たい映画だったわりに、ストーリーに集中して観ることができなかった。

近づくきみとの距離

映画の日から一週間が経った。

あれ以来、水野君とはなんの接点《せってん》もない。いつも通りの毎日が過ぎていった。

「も～も、おはよう！」

朝、教室の自分の席に着くと皐月が振り返って挨拶してくれた。

皐月は今日は綺麗に巻いた栗色の髪を、ツインテールにしている。

ピンク色のカーディガンを着て、とても女の子らしくてかわいい。

私はそんな皐月に笑顔を向ける。

「おはよう、皐月。あれ？　そんなのしてたっけ？」

皐月の首筋にキラリと光るものを見つけた。

私は興味津々《きょうみしんしん》にまじまじとそれを見つめる。

「あ、気づいた？　実はね……彼氏からのプレゼントなんだぁ！」

「へえ、かわいいね」

「えへ、でしょ？」

皐月は指先でネックレスのトップを持ち上げ、私に見せてくれた。

小さな天使の羽の形をしていて、とてもかわいい。

「いいなぁ、優しい彼氏がいて」

皐月を見てると、彼氏がいることがとてもうらやましく思える。

自分のことを好きでいてくれる人がいるっていいな。

幸せそう。

「桃もその気になったらすぐに彼氏ができるって。須藤君とか！　クラスでも、すごくモテるらしいよ」

「えー、蓮とはほんとにそんなんじゃないって。にしても、相変わらずモテるんだ」

中学の時もすごかったけど、高校に入ってまだ少ししか経っていないのに。

「目立つしねー。みんな、カッコいい男子には目がないんだよ。須藤君みたいな爽やかで知的な王子様系男子は、女子ウケがいいって決まってるしね」

蓮の本性を知ってる身としては、かなり笑える。

皐月は蓮とはほとんど接点がないはずなのに、そんなことまで知ってるなんて。

「目の保養《ほよう》のためにカッコいい男子情報はチェックしてるの。よければ桃にも教えようか？」

なんて冗談っぽく言いながら笑う皐月。

「目の保養って。私は遠慮《えんりょ》しとくよ」

「まぁ、あれだけカッコいい幼なじみが近くにいるんじゃ必要ないか」

「うーん……カッコいいとか考えたこともないな」

ずっと一緒にいるせいか、見慣れているのもあるんだと思う。

「この、贅沢《ぜいたく》者め！　須藤君ファンが聞いたら激怒《げきど》するよ」

そんな他愛《たあい》ないやり取りをしていると、隣の席に人の気配が。

いつものようにイヤホンを耳につけ、周りの世界をシャットアウトしている。

澄ました顔をして席に着いた時、水野君はちらりとこっちに目を向けた。

うわ、やばっ。思わず目が合っちゃった。

水野君には人の目を惹《ひ》きつけるオーラがあるというか、黙っていても存在感があってとても目立っている。

「なに？」

突然水野君が声をかけてきた。

片方だけイヤホンを外し、机に肘《ひじ》をつきながら、まっすぐに私を見つめている。

「へっ？」

「いや、ずっとこっち見てるから」

「え？　あ、いや、べつに。なにも」

まさか話しかけてくるとは思ってなかったので、うろたえてしまう。

「そう？　なんか言いたそうな顔してるけど」

なんか言いたそうな顔って……。私、そんなふうに見えてるの？

水野君に見つめられると、まるで蜘蛛《くも》の巣《す》にかかった蝶《ちょう》のように身動きができなくなる。

なにか……なにか話さなきゃ。

「そ、そういえばこの前はビックリしたよ！　まさか映画館で会うとは思ってなかったもん。水野君でもベタな恋愛映画なんて観るんだね！　すっごく意外っていうか、案外ロマンチストだったりして」

――ガタッ。

そこまで言いかけた時、椅子が引かれる音と同時に鋭い視線が飛んできた。

よけいなことをしゃべるなと、その瞳が語っている。

気まずさから逃れるために振った話題なのに、これじゃ逆効果だ。

だってだって、水野君との間にほかに話題が思いつかなかったんだもん。

皐月は私と水野君が話していることにビックリしながらも、キラキラした目でなにかを期待しているような表情を浮かべている。

言っとくけど、なにもないからね？

「夏目には関係ないだろ」

心の中で皐月にそんなツッコミを入れた時、水野君は冷たくそう言いはなった。

そして、私に背を向けて教室を出ていこうとする。

よっぽど触れられたくないことだったのかな。

表情は険しいままだ。

ほんとにロマンチストだったりして……。

そりゃ私には関係ないことだけど、なにもそんな言い方しなくてもいいんじゃない？　だけど私が気に障《さわ》ることを言ったのは確かで、このままだと後味《あとあじ》が悪くなってしまいそう。

「いいの？　追いかけなくて。ここからがはじまりだよ？　運命かもしれないじゃん」

新たな展開《てんかい》に舞い上がった皐月が興奮《こうふん》気味に肩を叩《たた》いてくる。

はじまりって……なにもはじまりませんから。

それに、運命って。皐月も意外とロマンチストだったんだ。

「うーん、まぁでも、ちょっと行ってくるね」

「はいはーい！　がんばってね！」

皐月の思惑《おもわく》にハマっているなと思いながらも、このままほうっておくのは気が進まないから行くだけだ。

そう、ただそれだけ。

勢いよく教室を飛びだすと、廊下にはたくさんの生徒たちがひしめき合っていた。

今登校してきた人たちや、廊下でたむろする男子や女子のグループ。

窓からはまぶしいほどの日射《ひざ》しが差し込んで、見上げる空は憎いほどに青い。

こんな日はいつになく気分が明るくなるはずなのに、なんとなく気が重いのは水野君のせいだ。

キョロキョロしながらそのうしろ姿を探すと、ちょうど階段へ続く廊下を曲がったのが見えた。

歩くのが早いのかと思いきや、その足取りにはさっきまでの鋭さが消えているように思える。

駆け足で後を追いかけ、同じように廊下を曲がる。

ここは一階なので、上へ行く階段しかないから私は迷わず階段に足をかけた。

五階建ての大きな校舎。数年前まで各学年十五クラスあったので、四階まで教室として使っていたそうだ。

今は少子《しょうし》化の影響で生徒数がグンと減ってしまい、各学年十クラスにまで減っていて、二階は二年生の教室、三階は三年生の教室、四階は空き教室になっている。

二階、三階、四階には渡り廊下があり、職員室や移動教室がある北校舎とつながっている。

上の階へ行くにつれて、一年生の教室とは違った独特の雰囲気を感じた。

二年生と三年生は学年章の下地の色が違っているし、一年生とは違って初々しさが抜けて大人っぽい。

まだ入学したばかりの私はそれだけで目立つみたいで、階段を上がるたびにいろんな人からの視線を感じた。

好奇《こうき》の目から逃げるように急ぐと、あっという間に四階にたどり着いた。

さっきまでの騒がしさはなくなり、シーンとしている。

水野君、どこに行っちゃったの？

息を整えつつ、背伸びして廊下の奥の奥まで気配を探るようにアンテナを張り巡《めぐ》らせる。掃除《そうじ》が行き届いていないせいか四階はなんとなく埃《ほこり》っぽくて、視界《しかい》が少し霞《かす》んでいた。

そこには静寂《せいじゃく》が広がっているだけで、人がいそうな気配はまったくない。

「み、水野くーん……」

人の気配がないのに呼んだって反応がないことは承知の上だ。

だけど、彼を探してここまで来たんだから、こうなったらなんとしてでも見つけてやる。そんな決意を胸に廊下を進み、空き教室のガラス窓から中をそっとうかがってみる。
ドアを開けようとしてみたけど、鍵がかかっていた。
って、当たり前だよね。今は使われてないんだし。
じゃあ、どこへ行ったの?
パッと顔を上げた先には、屋上《おくじょう》へと続く階段が。
あ、もしかして。
恐る恐る階段を上がってみる。
「あ……」
いた!
見上げた先に屋上のドアの前の階段に座る水野君を見つけた。
水野君もまた私を見て、驚いたように目を見開く。
さっきまでの鋭い雰囲気は今は見受けられなかった。
思わず足が止まり、拳をギュッと握りしめる。
そして、スーッと大きく息を吸った。
「あ、あの! さっきはごめんね」
一息に言って頭を下げた。
あんなことで気を悪くするのもどうかと思ったけど、気に障ることを言ってしまったのは事実。

納得《なっとく》いかない部分も、そりゃ少しはあるけどさ。

だけど私が悪いよね。

「ロマンチストとか、よけいなこと言っちゃったかな？　私、思ったことがすぐに口から出ちゃうから……」

「べつに、怒ってないから」

返ってきたのは冷静な声。怒りなんて、まったく含まれていないのがわかる。

「で、でも……さっき、すごくにらんできたよね？」

明らかに怒っているように見えたんだけど。

顔を上げると、水野君と再び目が合った。相変わらずクールで、なにを考えているかわからない淡々とした表情。

水野君って、なんだかつかみどころのない人だな。

「関係ないって思ったのは事実だけど、にらんだのは、もともとそういう目つきなだけだろ」

「えー……」

ただ人相《にんそう》が悪いだけってこと？　それもどうかと思うけど。

「怒ってないなら、いいんだけど。それより、いつもひとりで寂しくないの？」

「はぁ？」

「いや、だって。水野君って、いつもひとりだし。友達いなくて、よくやってられるなぁって。私なんて、高校生になるのがずっと楽しみで。友達いっぱい作ったり、おしゃれしたり、彼氏作ったり、遊びに行ったり。高校生活を満喫《まんきつ》するぞー！って意気込んできたからさ」

入学式の日からかなりワクワクしていたし、新しい場所で新しい生活がはじまることがとても楽しみだった。

だけど水野君は初日から楽しみにしている様子もなかったし、新入生にしては冷めてる部類に入っている。

「バカじゃねーの。小学生じゃあるまいし」

水野君はバカにしたように皮肉《ひにく》げに笑った。

「あいにく俺は、夏目みたいにお気楽な考えで学校に来てるわけじゃないから」

「お、お気楽って……」

ひどい言われようだけど、まぁ今にはじまったことじゃないから、気にしない。

それよりも気になるのは……。

「水野君って、私の名前知ってたんだ？」

さっきから何度か名前を呼ばれているような気がする。

「はぁ？　自己紹介の時に言ってただろ」

「え？　私に興味持ってくれてたの？」

「ストーカーだと思ってたからな」

「えー……なにそれ」

「夏目がムービー撮ったりしてたからだろ」

今度はかったるそうに話す水野君。真顔で見つめられて、思わずドキッとした。

吸い込まれそうなほどまっすぐな瞳。顔のすべてのパーツのバランスがよくて、おまけに小顔で長身。

アイドルにも、ここまで顔が整った人はなかなかいない。それほど目を引くし、独特のオーラや雰囲気もある。だから、黙ってたってすごく目立つんだ。

「でも、せっかく隣の席なんだから、これからは目が合った時は挨拶くらいしようよ。あ、それと話しかけてくる人をシカトするのもどうかと思う」

ほとんど話したことがないのに、ここまで大それたことを言えてしまうのは私のお節介《せっかい》な性格のせい。

うっとおしがられることはわかってるけど、よけいな口をはさまずにはいられない。関わりたくない、苦手、ムカつくって思っていたはずなのに、なんだか不思議。

こうやって一度関わるとほうっておけないんだよね。

そこが私のいいところでもあり、悪いところでもある。

「今思いっきり話題そらしたよな。そういうのも、どうかと思うけど」

「そうやってまたそらしたよね。　水野君もどうかと思うよ」

「いやいや、夏目のほうがどうかと思う」

シレッとした表情で、からかうような態度。

「いやいやいやいや」

思わず、身振り手振りもそえて反論してしまった。

だってまさか、水野君がこんなふうに返してくるとは思っていなかった。

こんなかけ合いができるなんて思ってもみなかった。

本当に人に興味がなくて関わりたくないと思っていたら、そもそも私と話そうとしないはずだ。いつものようにスルーすればすむはずだもん。

言葉や態度に問題はあるけど、聞いたことには答えてくれるし、レスポンスもしっかりしている。

「なんだか誤解してたな。水野君って、クールな一匹狼《いっぴきおおかみ》というか、無口なイメージだったけど、違うんだね」

思わず頬がゆるんだ。

イメージが変わって親近《しんきん》感がわいたというか、以前のような苦手意識はもうない。

ほんと、私は単純だな。

「夏目が俺のことをどう思おうと勝手だけど」

そう言ってスッと立ち上がった水野君は、ゆっくり一歩一歩階段を下りて私がいる踊り場までやってきた。

そして私の隣に立ち、耳もとに唇を寄せる。

ビックリして目を見開く私。ちらりと横目で彼を見ると、前髪で顔が隠れていて、どんな表情をしているかはわからなかった。

ドキドキと心臓が高鳴るのは、こんなに至近距離にいるのと、一瞬だけ鼻をついたシャンプーの香りのせい。

背が高くて肩幅もガッシリしていて、悔しいけれどイケメンだ。お肌もキメが細かくて、とても綺麗。

それにしても、どうして水野君なんかにドキドキしてるの？

黙ってじっと水野君の行動を見守る。さっきまで威勢《いせい》がよかった私だけど、今は借りてきた猫のようにおとなしい。

「あ、あの……っ」

耐《た》えられなくて声を出した。

だって黙ったまま突っ立ってるんだもん。

なんなの？

「笑ったり、赤くなったり。夏目って、面白いのな」

低い声でそうささやかれ、さらに心臓の音が大きくなった。

「あ、赤くなんかっ……」

なってないよ。そう否定しようとしたけど、最後まで言葉が続かない。

たしかに顔が熱を帯びているのを実感してしまったからだ。

あー、もう。

なんで水野君なんかに！

ありえないんだからっ。

思いっきり水野君の顔を見上げていた私は、プイと顔をそむけた。

「でも、俺は……誰とも仲よくする気はないから」

「え？」

「夏目も、俺なんかに関わってもつまんないと思うから、やめとけよな」

「なに、それ……」

つまんない？

なんでそんなこと言うの？

ハテナを顔に浮かべて困惑する私をよそに、水野君は私の横を通り過ぎてスタスタと階段を下りていく。

「ちょ、ちょっと！」

呼び止めるもむなしく、その背中が振り返ることはない。あっという間に気配がなくなり、再び静寂が訪れた。

追いかける気も起きなくて、しばらくその場から身動きができなかった。

誰とも仲よくする気はないなんて……。

つまんないからやめとけだなんて。

その声はとても弱々しくて、頼りなくて、切なくて、儚げで。

そして、とても苦しげだった。

Lovers＊2

それでもきみと

入学して二ヵ月も経てば、クラスメイトの顔と名前が一致《いっち》するようになる。それだけじゃなくて、誰と誰が仲がいいとか、おとなしい子たちのグループや明るい子が集まるグループなどのカースト制度の分類が嫌でもわかるようになってくる。

皐月は明るくてかわいくてクラスでも人気者だけど、私はいたって平凡で普通。誰とでも仲よくできるけど、自分が人気者だとは思っていない。

皐月には自分のクラス以外にも友達がたくさんいて、その子たちもよくうちのクラスへやってくる。彼女を通じて私も仲よくなった。

彼女の友達は、みんな明るくてかわいくておしゃれで女子力が高い女の子ばかり。その中でもとくに目立っているのが、大上麻衣《おおうえまい》ちゃんという、リーダー格の女の子。麻衣ちゃんは話題が豊富で人を笑わせることが大好き。大人っぽく見えるけど、お茶目な一面もあって、いつも人の輪の中心にいる。

手先も器用でメイクも上手だし、腰まで伸びた茶髪を綺麗に巻いてから、さらにそれをハーフアップにしている。ゆるふわの髪の毛と、うるうると潤《うる》んだたれ目がとても印象的。

さらに背が高くてスタイルもよくて、モデルみたいに手足がスラリと長い。モデル事務所にスカウトされたこともあるんだとか。

麻衣ちゃんはファッション雑誌を見ながらメイクや髪型の研究をしたり、トレンドの服やバッグ、アクセサリーなど、流行《はや》りを取り入れたおしゃれに力を入れている。

学校では校則が厳しいので外見のおしゃれができないぶん、ポーチやペンケースなどの持ち物やサブバッグをかわいくしたり、スクールバッグに今流行りのスパンコールがあしらわれたチャームを付けるなどして、おしゃれを上手に楽しんでいる。

そんな麻衣ちゃんを見てマネする子も多く、麻衣ちゃんは学年の中でもみんなの憧れの存在なのだ。

当然のごとく麻衣ちゃんはモテる。私が知ってるだけでも入学してから五人には告《こく》白《はく》されていると思う。

だけどビックリすることに彼氏はいないらしい。

恋バナになった時、私にはまだそんな人がいないから入っていけるはずもなく、黙ってみんなの話を聞いているだけなんだけど。

手をつないだりキスをした……なんて話を聞くと、未知の世界すぎて赤面《せきめん》してしまう。

皐月の友達はみんなすごく大人で、私とは違う人種のよう。置いてけぼり感が否《いな》めなくて焦ったりもする。

でもだからって、彼氏にする人は誰でもいいわけじゃない。

やっぱり、心から好きになった人と付き合いたいなぁ。

好きな人……か。

なぜか視線が勝手に隣の席の水野君に向かう。水野君はいつものように耳にイヤホンをしながら机に突っ伏していた。窓から入ってきたサラリとした風が、無造作にセットされた水野君の髪の毛を揺らす。

『俺と関わっても、つまんないからやめとけ』

そう宣言された日から一ヵ月以上が経っている。水野君はその言葉通り私やほかのクラスメイトと絡むことなく、必要最低限の関わりしか持っていない。

でも私は、あれ以来なんとなく気になって水野君を見ることが多くなった。

「桃ちゃんにも誰か紹介してあげようか？」

急に話題を振られて我に返る。水野君に向けていた視線をあわてて元に戻した。

「ダメダメ、桃ちゃんにはイケメンな幼なじみがいるじゃん。うちのクラスでは、ふたりが付き合ってるってウワサになってるよ」

「須藤君だっけ？　ほーんと、カッコいいよね！」

「だーかーらー！　私と蓮はそんなんじゃないって言ってるのに。そのウワサは全力で否定しといて」

否定すればするほど、みんなが面白おかしくからかってくる。

とりあえず誰かとくっつけたいみたいだけど、蓮とだなんてありえないでしょ。

「桃ちゃんは贅沢だねぇ」

「ほんとほんと！　まさに理想の王子様そのものなのに。頭もよくて運動神経もいいし、文句なしのモテ男子って感じ」

「身近にハイスペック男子がいるなんてうらやましすぎるよー！」

蓮の素顔を知らない子たちがきゃあきゃあと騒ぎ立てる。

あー、この子たちに言ってやりたい。蓮は猫をかぶっているだけで、本当は王子様なんかじゃないんだよって。

この手の話題になった時、麻衣ちゃんも聞く側にまわる。彼氏がいないから話に入っていけないようだ。

「私たちだけ浮いてるね」

私の耳もとでコソッとささやき、小さく笑う麻衣ちゃん。

仲間がいることにホッとしつつも、麻衣ちゃんならその気になればすぐに彼氏ができるのにと思う。

そのあとも何度も麻衣ちゃんと目が合って、私はそのたびににっこり微笑み返した。

「このクラスの水野君も、須藤君と同じくらい人気があるよね」

ひとりの子が私の隣に座る水野君をチラッと横目に見ながら、小声でそんなことを言った。

イヤホンをしているとはいえ、すぐそばに水野君がいるからだろう。

机に伏せて寝ている彼に、その場にいるみんなの視線が注がれる。

水野君の話題が出たことで、なぜだか一瞬ドキッとした。

「あー、うちのクラスでも人気があるよ。クールで無口なところが、妙に女子ウケがいいみたい。でもみんな、話しかけにくいって言ってるけど」

「一匹狼なところとか、ツンとしてるところが好きっていう子もいるけど、あたしはパスかなー。愛想のない人はちょっとね。いくらカッコよくてもダメかな」

「えー、カッコいいじゃん！　顔だけなら全然ありっしょ！」

「うーん、無理だね」

「真正面から行ってもスルーされるのがオチだよね。話しかけてもそっけないしさ」

「この前二年生のすごくかわいい先輩が告《こく》って、ふられたらしいよ」

知らなかった。水野君ってそんなにモテるんだ？

二年生のかわいい先輩が……ふられた？

「うちのクラスの子も、水野君のことが好きだって言ってたなぁ」

「彼女とかいるのかな？　気になるー！」

彼女……。

たぶんこの前一緒にいた子がそうなんだろう。

でもあまり人のことをペラペラしゃべるのはよくないし、なにより水野君はそういうのをとても嫌がりそう。

私はみんなの話に入っていけず、ただ黙ってうなずいていた。


六月下旬《げじゅん》、先週梅雨《つゆ》入りしたらしく、ジメジメとしたスッキリしない天気が続いていた。そして今日は朝からザーザー降りの雨模様《もよう》。灰色の分厚い雲が空をおおって、朝だというのに外は薄暗い。

登校中にローファーの中にまで水が染《し》みて、靴下《くつした》がビチョビチョになった。

靴下だけじゃない。横なぐりの雨だったので、ほぼ全身が濡《ぬ》れてしまった。

こんな日は朝からとても憂《ゆう》うつで、登校してまだ数分しか経っていないのにすでに帰りたい気分。

替えの靴下もなくて足先も冷たいし、そのせいか身体が冷えてしまっている。

とりあえず濡れた靴下を脱いで裸足《はだし》になった。そしたらいくらか寒さは和《やわ》らいだ。

皐月はまだ登校していないようで、めずらしく今日は水野君が先にいた。

今来たところなのか、机の上にカバンが置かれたままになっていて。当の本人はタオルで髪の毛をわしゃわしゃふいている。

柔軟剤《じゅうなんざい》のいい香りが漂《ただよ》ってきた。

「おはよう」

ふき終えたのと同時に、水野君に向かってにっこり微笑んだ。

水野君は一瞬だけ私に目を向けたけど、素知《そし》らぬ顔ですぐに視線を外す。

毎日ではないものの、タイミングが合えばこんなふうに自分から挨拶をしたりする。けれど、水野君が答えてくれたことは一度もない。

宣言通り誰とも仲よくするつもりはないらしい。ガンコというか、なんというか。

自分の言葉を曲げないという信念《しんねん》を持っているようだ。

自分と関わってもつまんないって、本気で思っているのかな。

「無視することないじゃーん！　せっかく人が挨拶してるのにさー！　おーい、おはよう」

「…………」

絶対に聞こえているはずなのに、水野君は私を見ようともしない。それどころか、表情ひとつ変えずにスマホを触っている。

「聞こえてるよね？　水野君」

「……なんだよ」

ようやく観念《かんねん》したのか、スマホから視線を私に移す。その顔はどう見ても迷惑そうな感じだった。

「おはよう！」

笑顔でにっこり微笑むと、返ってきたのは「はぁ」という深いため息だった。

「朝からため息ついてたら幸せが逃げちゃうよ？」

「誰がそうさせたんだよ」

「えー、誰だろう？　わかんなーい！」

冗談っぽく返すと、じとっとにらまれた。

前までの私なら、ここでひるんでなにも言えなかっただろう。でも今は言い返せるくらいの仲になったかなと一方的に思っている。

どうして私は水野君のことがこんなにも気になるのかな。構いたくなるのかな。普段なら、そんなことを嫌がる人に自分から声をかけたりしないのに。

水野君は髪の毛がまだ少し濡れていて、いつもの無造作ヘアがストンとまっすぐに伸びている。

これはこれであどけなさが残る少年のようで、なんだかまたイメージが変わった。

「髪型そっちのほうが似合ってるよ。私は好きだなぁ」

思ったことがすぐに口に出てしまう。

あまり深く考えずに発言してしまうから、蓮に呆れられることもしばしばだけど。

基本的にウソがつけないタイプだから、仕方ないよね。

「夏目に好かれてもうれしくない」

淡々と、少しうっとおしそうに水野君が言う。きっと彼も思ったことがすぐ口に出るタイプなんだろう。

初日からストーカー扱いされたほどだからね。

「水野君って、なんでもはっきり言うよね」

「それは夏目もだろ。加えて、夏目は遠慮というものを知らないよな」

ああ言えばこう言う。どうして人の意見を素直に聞けないのか。

それに、遠慮を知らないのは水野君のほうじゃない？

「水野君にだけは言われたくないな。でも、その髪型はほんとにいいと思ったから。ほら、あれだよ。サッカーやってます！って感じでさ。あ、実際やってたんだよね？

ウワサで聞いちゃった」

さらに目を細めてそう言うと、その瞬間、水野君からスーッと表情が消えていった。

「サッカー、ね……やってたけど、もう興味ねーよ」

水野君は小さくそう言って目を伏せた。神妙《しんみょう》な面持《おもも》ちで言うから、なんとなく気になって目が離せない。

さっきまで物怖《ものお》じすることなくズバズバ言ってきていたのに、その勢いは急激になくなり、今の水野君はとても弱々しく見える。

いったいどうしちゃったの？

私、またなにかよけいなことを言った？

変なことを言った覚えはまったくないんだけどな。

サッカーという言葉に反応して、急におとなしく弱々しくなってしまった水野君をじっと見つめる。

その横顔にはどこか哀愁《あいしゅう》が漂っていて、なにかとてつもない悲しみが潜んでいるように見てとれた。

「あ、それと。これだけは言っとくね」

私は気を取り直して再び水野君を見た。眉をひそめて、じっと私を見つめ返してくる彼。

「この前〝俺と関わってもつまんない〟って言ったよね？　でも私は、つまんないかどうかを決めるのは水野君じゃないと思う」

「はぁ？　なにが言いたいんだよ？」

「えーっと……だから！　つまんないかどうかを決めるのは関わった相手であって、水野君がそんなふうに自分を卑下《ひげ》する必要はないってことと、私は水野君と仲よくなりたいと思ってるってことだよ」

「マジで……バカじゃねーの」

「うん、自分でもそう思う」

だけどなんでかな。気になるんだよ、水野君のことが。

わざと人を遠ざけて、わざと関わらないようにしている。

そんなきみから目が離せないのは、どうしてだろう。


その日は一日中雨で、放課後までどんよりした空が広がっていた。

靴下も乾いていないけど、裸足でローファーを履《は》くわけにもいかなくて。半乾《はんかわ》きの靴下に足を通して、昇降口《しょうこうぐち》の軒先《のきさき》で傘《かさ》を広げた。

最近では蓮と帰ることも少なくなり、駅まで皐月と帰るのが日課になっている。

駅に着くと乗り場が違う皐月とはバイバイして、ホームへ向かうべく階段のそばまでやってきた。

階段を上がりかけた時、すぐそばに自販機《じはんき》を見つけて足が止まる。

ジメジメしているのもあるけど、今日は全体的に気温が低いせいで肌寒《はだざむ》い。

なんだか温《あたた》かいものが飲みたいな。

そう思って自販機の前に立った。もうすぐ夏だけど、自販機にはまだ温かい飲み物が入っている。

スクールバッグから財布《さいふ》を出して、小銭《こぜに》を手に取り自販機に入れた。だけど。

「わ、最悪。十円足りない……ショック」

朝、財布の中身を確認せずに家を出たことが、今になってとても悔やまれる。所持金わずか百円だなんて、女子高生にはあるまじきことだよね。

「どうしよう」

どこかに十円入ってないかな。

そう思ってスカートのポケットやスクールバッグの中をあちこち探す。

あたふたしながら探ってみたけど、出てきたのは五円だけだった。

五円って……小学生のお小遣《こづか》いにもならないよ。

仕方ない、あきらめるか。

どこをどう探しても見当たらないので、名残惜《なごりお》しくもつり銭《せん》レバーに手を伸ばす。

「ったく、なにやってんだよ」

すぐうしろでそんな声が聞こえて、伸ばしかけていた手が止まった。振り返る間もなく、スッと手が伸びてチャリンとコインを投入する音がした。

次の瞬間、自販機のボタンのランプがいっせいに光る。

「早く選べよな」

どこか面倒くさそうな声で、横目に私を見下ろす彼。その表情は相変わらず淡々としていて、無愛想以外のなにものでもない。

だけどなんとなく温かさを感じるのは私の気のせいかな。

「聞いてんのか？　早くしろよ」

「えっ？　あ……うん」

ハッとしてあわてて目についたホットのボタンを押す。ガコンと音がして、どうやら飲み物が出てきたらしい。

「うわ、やっちゃった……」

ブラックコーヒーだよ、飲めないよ。

本当はココアがほしかったのに、急《せ》かされてあわててボタンを押したから間違えてしまった。

ど、どうしよう。

「なんだよ、まさかブラックが飲めないとか？」

「う、うん、そのまさかです……」

「はぁ、仕方ないな」

うっ、だって。

水野君はズボンのポケットを探って小銭を出した。そしてそれをリズムよく自販機に投入する。

「ほら、今度は間違えるなよ」

「えっ？」

とまどっていると再び急かされ、私はあたふたしながらも今度は間違えることなくしっかりとホットココアのボタンを押した。

水野君は出てきたホットココアを取り出して私に渡してくれる。

「あ、ありがとう」

「それ、ちょうだい」

「あ、うん」

間違えて買ったブラックコーヒーの缶《かん》を水野君に差し出す。

私の手から缶を受け取ると、水野君はそれをスクールバッグに押し込んだ。

いいの、かな？

っていうか、意外と優しい？

普通なら素通《すどお》りするレベルだよね。

「なんかごめんね。私、ブラックコーヒーって苦くてダメで。カフェオレなら、まだ飲めるんだけど。ほんと助かったよ」

申し訳なく思って顔の前で手を合わせた。水野君はそんな私にフッと口角を上げた。トゲトゲしい雰囲気が少しだけ和らいで、いつもより優しく見える。

あの子に向けていた笑顔とは大違いだけど、なぜだか胸が熱くなった。

「バーカ」

水野君はそんな悪態をついてホームへ続く階段を上がっていった。

「ちょっと、待ってよ」

あわててあとを追い、隣に並ぶ。私と水野君では歩幅《ほはば》がまったく違って、小走りでついていくような形になる。

「ついてくんなよ」

「いいじゃん、私もこっちなんだから」

優しいと思えばつきはなしたり、冷たかったり。本当の水野君はどこにいるの？

知りたいよ、もっと、きみのことが。

「水野君の最寄り駅は？　私は月野だよ。兄弟は？　私はひとりっ子なんだけど、十組に幼なじみがいて、ちょっと意地悪だけど頼れるお兄ちゃん的存在なんだ。私の好きな食べ物はフルーツで、その中でもぶどうが一番好き！　嫌いな食べ物は……」

「あのさ」

うんざりした顔を向けられた。

「ん？」

それに負けないくらいの笑顔を返し、首をかたむける。

来た電車に一緒に乗って、ガタンゴトンと電車に揺られながら、私はこりずに水野君に絡んでいた。

「やっぱストーカーだろ？」

「やだなー、そんなんじゃないってば」

「じゃあ、なにが目的で俺に絡むわけ？」

「目的？　うーん……仲よくなりたいから、かな。前にも言ったじゃん」

「なんでそこまでして俺と仲よくなりたいわけ？」

なんだかんだ言いながらも、水野君も私に興味を持ってくれているのかな。

それとも本当に迷惑だと思ってる？

「仲よくなりたいって思うのに理由なんかないよ。なんだかほうっておけないんだよね、水野君って」

「うぜー……」

あ、やっぱり迷惑がられてたのか。

「夏目のそのウザさ……あいつにすっげー似てる」

「あいつ？」

　誰のことだろう。

　友達かな？

「しつこく絡んでくるところとか、マジでそっくり。いくら冷たくしても、全然へこたれねーし」

「へぇ、じゃあ私と水野君も仲よくなれるってことじゃん」

　歯をむき出しにしてニヒヒと笑う。

「ほらな、そういうところがそっくりなんだよ。ポジティブすぎるだろ」

「いいじゃん、ポジティブで。そのほうが人生楽しいんだしさ！　ポジティブな人といたら、水野君もだんだんそうなっていくよ」

　水野君はしばらく黙り込んだ。いい加減私に呆れ果てたのかもしれない。

「そういうの、マジうぜー」

「ウザいとか言わないでよ、傷つくじゃん」

「正論ぶつけてくるヤツ、嫌い」

「はっきり言うよね、はっきり」

　グサグサと胸に突き刺さるんですけど。

私は今までとくに大きな壁にぶち当たることもなくやってきた。困った時は蓮や百合菜や周りの人が助けてくれたし、友達もたくさんいて恵《めぐ》まれていたんだと思う。

私の価値観《かちかん》を押しつけちゃダメだったかな。

「まーた春ちゃんはそんな言い方してー！　うしろで聞いててヒヤヒヤするよ」

つり革につかまっていた水野君の背後から、お嬢様学校の制服を着た小柄な女の子がヒョイと顔を出した。

黒髪のボブカットで、どこかあどけなさが残る満面の笑み。その子には見覚えがあった。

そう、映画館で水野君と一緒にいた子だ。

そういえばさっきの停車駅《ていしゃ》で、その制服を着た子がたくさん立っていたっけ。きっとそこから乗ってきたんだろう。私は話すことに夢中《むちゅう》で気づかなかった。

「なんだよ、急に」

ぶっきらぼうな言葉だけど、その視線はどこか優しい。きっとそれは水野君にとって特別な人だからなのだろう。

「春ちゃんが同じ学校の人と話してるのがめずらしいなぁと思って、思わずツッコミ入れちゃった」

クスクスと笑うその子は「もっと優しくしてあげなきゃダメじゃん」と言いながら、

水野君の背中を軽く叩いている。

そして改めて私の目を見つめてピョコンと会釈《えしゃく》をした。

「急に割り込んでごめんね。私は木下《きのした》瑠夏って言います」

透きとおるようなかわいらしい声で、丁寧《ていねい》に挨拶をしてくれる。私も同じように会釈を返して名乗った。

彼女は私に嫌な顔ひとつすることなく、屈託《くったく》のない笑顔を見せてくれた。その笑顔には悪意《あくい》なんてまったくなくて、それだけでいい子なんだと悟《さと》ることができるほどだ。

正直、なぜだか負けたと思った。いや、なんの勝負をしているのかはわからないんだけど。

いつもなら女の子は大歓迎《かんげい》なのに、今日はなんだかそんな気持ちにならない。

「あ、私は春ちゃんとはただの幼なじみで、小学校からの友達なんだ」

ただの幼なじみ。

友達……。

ということは、付き合っているわけじゃないってこと？

ホッとしている私がどこかにいる。理由なんてわからないけれど、それだけで瑠夏ちゃんとは仲よくなれそうな気がしてきた。

って、なにそれ。意味がわからない。

「私たちは、ただ同じクラスで。でも、水野君って誰とも関わろうとしなくていつもひとりでいるし、大丈夫かなぁって。そう思ったらなんだかほうっておけなくて、一方的に絡んでるの」

「俺はすっげー迷惑してるけどな」

「またそんなこと言って」

再び瑠夏ちゃんがパシンと背中を叩く。

「あ、いいのいいの。ほんと、私が勝手に仲よくなろうとしてるだけだから」

迷惑がられていることは百も承知だ。

だけど時折優しいところもあって、そのギャップがまたほうっておけなくさせているのかもしれない。

水野君がただ冷たいだけの人だったら、なにを言っても反応してくれなかったら、私はここまで絡もうとはしなかったし、気にならなかったと思う。

「桃ちゃんって、すっごくいい子だね。あ、勝手に桃ちゃんって呼んじゃった」

えへへと舌を出してかわいく笑う瑠夏ちゃん。素直で純粋《じゅんすい》で、心の綺麗な子なんだろうな。

「夏目のことはどうでもよくて。お前、なんか顔色悪くね？　また無理したんだろ？」

だから水野君も瑠夏ちゃんには優しくて。

「最後の授業が体育だったからかな？　でも、心はすこぶる元気だよ」

「帰ったらすぐに横になるんだぞ」

そんなやりとりに、とても大切に想っているのがわかる。

ふたりの間にはとても強い絆があって、お互いがお互いを大切にしている。

私と蓮のような関係だけど、ふたりの絆は私たちよりも強くて強靭《きょうじん》なものだ。

とくに瑠夏ちゃんを見つめる水野君の瞳は……幼なじみ以上の感情がありそうな気がする。

優しく慈《いつく》しむように、それでいて温かくて。

だけど時々切なげに瞳を揺らす水野君。

切なげな水野君の顔を見ていたら、なぜだかすごく胸の奥が締めつけられた。

ドキドキとズキズキ

あれから二週間が経った。七月に入ってようやく梅雨が明けたかと思うと、うだるような暑さがやってきた。

でも私は夏は嫌いじゃない。だって楽しいイベントがたくさんあるし、日が長くなって夜まで明るいんだもん。

高校生になって初めての夏休みに、浮き足立つのは仕方がないことだと思う。

んふふ、早く夏休みになれー！

「おい、聞いてんのかよ？」

「へっ？　あ、水野君。なに？」

ルンルン気分で振り向けば呆れ顔でこっちを見る水野君がいた。

あれ？

そういえば、今は授業中なんだっけ。

なんだかみんながこっちを見ているような気がする。

「え？　なに？　私、なにかした？」

「なに寝ぼけてんだよ、当たってんぞ」

「えっ？」

ウソ、聞いてなかった。

恐る恐る前を見ると教壇《きょうだん》に立つ先生が呆れ顔を浮かべていた。

ど、どうしよう。どの問題が当たっているのかわからない上に、そもそも教科書すら開いていないなんて、終わってる。

「夏目ー、お前なぁ。こんな問題もわからないようじゃ、今度のテストは赤点だぞ」

いや、問題がわからないんじゃなくて！

その前に、問題が載《の》ってるページがわからないんですー！

パラパラと教科書をめくってみる。たしか前の授業はこのへんで終わっていたはずだ。高校に入ってから勉強が難しくなったことに加えて、科目も増えて覚えることがいっぱい。

夏休み前だというのに、その前にテストがあることをすっかり忘れてたよ。

「夏目ー、ほら、前に出てやってみろ」

ううっ。

助けを求めるようにチラリと水野君を見る。

「ったく、なにやってんだよ。マジでバカだな」

小さなため息とともに、悪態をつかれた。

はい、そうですね。自分でもわかってます。実際、テストも蓮に泣きつかなきゃ乗り越えられないだろう。

正直、授業についていけてない。だから、よけいに焦る。

うつむき気味に肩を丸めて小さくなっていると、ガタッと椅子を引く音が聞こえた。

どうやら水野君が立ち上がったようで、スタスタと黒板の前まで歩いていく。

そして、チョークをつかんだ。ザワッと騒がしくなる教室内。

水野君はスラスラと黒板に数式を羅列《られつ》して問題を解いていく。

「夏目さんが当てられてたよね？　なんで水野君が？」

「かわいそうで、見てられなかったんじゃねーの？」

「水野君って、そんなタイプに見えないけど」

ヒソヒソとみんなが話す声が聞こえてくる。

一匹狼で誰とも仲よくなろうとしない水野君が、私を助けたことでクラス中に衝撃《しょうげき》を与えたらしい。

「お前ら、実はデキてるんじゃね？」

クラスでもお調子《ちょうし》者の男子がからかうように大きな声を張り上げた。それはクラス全体に響き渡り、周りの男子もニヤニヤしながら私の顔を見てくる。

「そ、そんなんじゃないから」

注目されていることが恥ずかしくて思わず赤面してしまう。これじゃ逆効果だというのに、どんどん顔が熱を帯びていく。

「赤くなってんじゃねーかよ」

「そうだそうだ、怪《あや》しいぞ」

「そ、それは……っ」

ムキになればなるほど、状況が悪くなっていくような気がする。

こんなことを言われて水野君だって嫌なはずだ。

「お前ら、くだらないこと言ってんじゃねーよ」

男子たちの冷やかしを、水野君の淡々とした声がさえぎった。冷ややかな目でにらみつけるようにクラス全体を見回す水野君。

その雰囲気に気圧されたのか、男子たちがたじろいだのがわかった。

教室内は水を打ったように静かになり、そこへタイミングを見計らった先生の声が響いて授業が再開される。

「さすがは水野だな、正解だ。まぁ水野にとっちゃこんな問題は朝飯前か」

先生の声に教室の中がまたざわつく。当の本人は素知らぬふりで、クラスのざわめきなんて聞こえていないよう。

どうやら水野君は勉強ができるらしい。

不意に目が合い、私は苦笑いを浮かべながら口パクで『ごめんね、ありがとう』と伝えた。

水野君は真顔でじっと私を見たあと、唇をゆるめてフッと笑ったかと思うと、

『バーカ』

私と同じように、口パクでそう言った。

整った横顔が優しい雰囲気をまとって、思わず釘付《くぎづ》けになる。次第にドキンドキンと心臓が激しく動いて動悸《どうき》がした。

なに、これ。

なんで水野君なんかにドキドキしてるの。


「で、実際はどうなのよ？」

「ん？　なにが？」

数学の授業が終わったあと、次が体育なので皐月と更衣室《こういしつ》へ向かった。中庭を抜けるのが体育館への近道なので、ジリジリと焼けるような暑さの中を歩く。

「なにがって、水野君のことだよ。ほんとはなにかあるの？」

皐月の顔は逆光《ぎゃっこう》で表情まではよくわからない。だけど、その声は弾んでいて楽しん

でいるのが丸わかり。

「ないない、あるわけない」

太陽の光に目を細めながら思いっきり否定してみせる。

澄んだ空に入道雲《にゅうどうぐも》がもくもくと広がっていて、まるで絵に描いたような夏空。

「なぁんだ、残念。でも、なにかあるなら教えてね」

「なにかって？」

「実は水野君のことが好きなの、とか」

「す、好き……？　そ、そんなこと、あるわけないじゃん！　まったくもって、ありえないよ！」

テンパりすぎて、勢いをつけて否定する。引いたはずの熱が再び戻ってきて、全身がカッと熱くなった。

「なに焦ってんのー？　面白いなぁ、桃は」

「あ、焦ってなんか……！　皐月が変なこと言うからでしょ」

「でも水野君って意外と男らしいじゃん。さっきのだって、桃を助けてくれたわけだし。見直しちゃったよ」

水野君がほめられるのは喜ばしいことなのに、なぜだかモヤッとした。皐月には彼氏がいて、そんな意味で言ってるんじゃないってことはわかってるのに。

どうして、こんな気持ちになるの？

「やばくない？　めっちゃカッコいいんだけど！」
「足も速いし、なにあのボールさばき！」
「プロ並みじゃない？」

きゃあきゃあとあたりが騒がしい。みんなの視線はグラウンドでサッカーをする男子に釘付けだった。男子というよりも、水野君といったほうが正しいのかもしれない。

水野君は誰よりもひときわ目立っていて、グラウンドの中を走り回り、スペースを見つけてはパスを出したりシュートを打ったりして、さっきから何本もゴールを決めている。

そのたびに女子たちの歓声《かんせい》が上がって、体育の授業そっちのけでみんなが注目していた。

水野君は脇目もふらずにただまっすぐボールを追っていて、時々苦しそうに額《ひたい》から流れ出る汗を腕でぬぐっている。

そういえば、サッカーしてたって前に聞いたっけ。クラブユースの選手で、地元では有名人だったって。

こんなにうまかったんだ。

さっきからトクントクンと鼓動の音がとてもうるさい。私の目はひたすら水野君だけを追いかけている。意識しなくても自然と水野君を探してしまっている。

なんなんだろう、これは。どうしちゃったの、私。

見るからダメなんだ、見ないようにしよう。

見ないように、見ないように。

「ほんとカッコいいよね」

「これでまた人気が出そう」

「言えてるー!」

ひそひそと水野君のことを言っている声が耳に届く。

どうして私はこんなにモヤモヤしているんだろう。

自分で自分がよくわからない。だって、こんな感情は初めてだから。

このドキドキも、胸の高鳴りも、モヤモヤする黒い感情も、今まで感じたことのない〝なにか〟だ。

見ないようにしても全身のアンテナが水野君を探しているようで、意識しないようにしようと思えば思うほど気になって仕方がない。

頬の火照りをギラギラに照りつける太陽のせいにして、私は我慢できずにその場を離れて水飲み場へと走った。

グラウンドの隅っこの日陰《ひかげ》に身を寄せて、水道の蛇口《じゃぐち》をひねる。手のひらで水をすくってパシャパシャと顔を洗った。

はぁ、気持ちいい。

心なしか、頬の熱が冷めたような気がする。

顔を上げると、さっきと同じようにボールを追いかける水野君が目に入った。

その水野君が途中でこっちを見た。そして遠くても目が合ったのがわかると、ドキッと鼓動が鳴って、再び全身に熱が注がれた。いたたまれなくなった私は自分からプイと顔をそらし、もう一度冷たい水で顔を洗う。

もう、なんなのよこれは。


「水野ー、お前サッカー部に入れよ！　すっげーうまいじゃん」

体育のあと、教室で同じクラスの佐々木《ささき》君が水野君の肩を抱いた。佐々木君は、サッカー部に入っている爽やかなイケメン男子。

誰にでも分けへだてなく接して、明るくて。クラス内外を問わず友達が多い人気者。怖いもの知らずで、クールな水野君にもガンガン絡んでいく。

「部活してねーんだろ？」

「佐々木ー、やめとけよー。クラブユース出身者が、部活サッカーなんかやるわけねーって。俺らなんかとはレベルが違いすぎるだろ」

「けど俺、水野とサッカーやってて楽しかったし。楽しけりゃ、なんでもよくねー？な、水野！」

無邪気に笑う佐々木君。すごい人だなぁ、無愛想な水野君にも普通に接してさ。人を苦手だと思う概念《がいねん》がないというか。

「悪いけど、サッカーはやめたから。もう二度とやるつもりもない」

さらりとそう返す水野君。あんなにうまいのに、やめちゃったんだ。そういえば、もう興味ないって前にも言ってたっけ。

「もったいねー！　なんでだよー！」

「お前には関係ないだろ」

そう言って佐々木君の腕を振り払うと、水野君は教室を出ていった。

ちらりと見えた水野君の表情。とてもツラそうに唇を噛みしめていた。


次の日は土曜日だったので勉強を教えてもらいがてら、百合菜の家にいた。

徒歩十分の距離にある百合菜の家は、私の住むマンションとは違って住宅街の中にある一戸建て。それもただの住宅街ではなく、高級住宅街。なかでも百合菜の家は、世界的に有名なデザイナーがデザインしたという超一流の高級住宅。

家の外観《がいかん》はロッジを思わせるような木造になっていて、赤い三角屋根《やね》の大きな家。屋内は和モダンを意識した天井の高い造りになっている。天窓からはまぶしいくらいの光が差し込んで、開放感《かいほう》があってとてもくつろげる空間だ。

百合菜のお父さんはたくさんの不動産を持つオーナーで、お母さんは翻訳家《ほんやく》。兄弟はなく、私と同じひとりっ子。だからといって百合菜は甘やかされたわけではなく、どちらかというと厳しく育てられたらしい。だけどそこには愛情があって、苦しくはなかったって。私が遊びにくると、百合菜の両親はとてもよくしてくれるし、優しくて笑顔が素敵な人たちだ。

百合菜の部屋は八畳《じょう》ほどの広さで、茶色と白に統一されたインテリアに囲まれている。女子高生にしては大人っぽいイメージの部屋だけど、明るい色だと落ち着かないからシックになったんだとか。

百合菜の部屋のラグの上に座り、教科書とノートを開いてはいるものの、最初からあまりやる気のなかった私たちは案《あん》の定脱線《じょうだっせん》していた。

それもこれも、全部水野君のせいだ。

「おかしくない？　なんでこんなに気になるのかな」

「おかしくないよ」

百合菜とこうしてゆっくり話すのも久しぶりで、会うと今までのことを堰《せき》を切ったように打ち明けていた。こういう時、百合菜は黙ってじっと話を聞いてくれる。そして最後には納得のいくアドバイスをくれるのだ。

「えっ？　おかしくない？　なんで？」

「水野君と目が合うとドキドキして落ち着かないんでしょ？　無意識に姿を探したり、知らないうちに自然と目で追ってたり」

「う、うん」

「それって、水野君が好きだからでしょ」

「えっ⁉」

そう指摘されて胸に衝撃が走った。

水野君のことが……好き？

思わず呆然《ぼうぜん》としてしまう。それはまったく予想だにしない答えだった。

「いやいやいやいや、そんなわけないじゃん！　私の話聞いてた？」

思わず疑いの目を向ける。なにがどうなったら、そうなるの。

「もちろん。桃の話聞いてたら、水野君のことが好きだとしか思えないよ？　ずばり、恋でしょ」

百合菜は確信したように目を細めて優しく笑った。

好き……？

私が水野君を？

なんで？

いつから？

考えてもわからない。

「で、でも……だって、そんなわけないよ。だいたい、好きになる理由がないもん」

「好きになるのに理由なんかないよ。気づいたら好きになってるもんでしょ。ま、ドラマの受け売りなんだけどさ」

好きになるのに理由なんかない。

気づいたら好きになってる。

たしかにどこかで聞いた言葉だ。

でもだけど、私はその理由を探さなきゃやってられない。

違う、そんなんじゃないって思いたかった。

「どうして認めたくないの？」

「自分でもこの気持ちがなんなのかよくわからないし……私、映画館で水野君を好きになんて絶対にならない！って本人に宣言しちゃったのに……」

あれだけズバッと言いきったのに、今さら好きとか……。

ないない、ないでしょ。好きなんかじゃないよ。

「まぁ、人の気持ちは変わるからね。昨日は嫌いでも、明日は好きになってることなんてザラだよ」

「えー……そんなことないと思うけど」

なにかと理由をつけて否定しようとする自分がいる。だってやっぱり認めたくない。いや、認められない。

信じたくない、わからない。どうして水野君なのか。

「まぁ桃はお子ちゃまだからね。今はわからなくても、そのうちわかる時が来るよ」

「百合菜ってば、なんだかすごく大人な発言するよね。どうしちゃったの？」

「そりゃ私も恋してますから」

「えっ？　ウソッ！」

百合菜が恋してる？

「聞いてなーい！　なんで言ってくれなかったの？」

興奮のあまり、ガラステーブルに手をついて、前のめりになりながら百合菜に詰《つ》め寄る。

「今日言おうと思ってたの」

「えー、相手は？　私の知ってる人？」

「同じクラスの剣道《けんどう》部の男子だよ」

頬をピンク色に染めて照れくさそうに笑う百合菜。

「へえ。どんな人なの？」

「えー？　恥ずかしいなぁ」

照れ笑いを浮かべる百合菜をからかいながら、根掘《ねほ》り葉掘り聞き出した。

頭の片隅には水野君のことがあったけど、考えたくない。

だって、考えてしまったら……。

えーい、やめやめ！　考えないに越したことはない。

「いつ、どこで、どういうきっかけだったの？」

「えー、それはねぇ」

どうやら百合菜の一目惚《ひとめぼ》れのようで、入学式の直後から気になっていたんだとか。

目立つタイプではないけど地味すぎるわけでもなく、男子の輪の中でみんなの話を聞きながら、控《ひか》えめに笑っている優しい人だと教えてくれた。

彼のことを話す百合菜の優しい顔を見ていたら本気で好きなんだということが伝わってきた。

親友なら応援《おうえん》してあげなきゃね。

それにしても、恋愛に興味がなかった百合菜が恋をしているなんて、まったく想像《そうぞう》してなかった。

時間の流れを感じてふと寂しい気持ちになる。

中学の時はずっと一緒にいたからなんでもすぐに話してくれたけど、もう中学生の頃の私たちじゃないんだ。それぞれお互いの世界があって、私の知らない百合菜がいる。百合菜の知らない私がいる。高校生になって世界が広がったのは楽しくもあるけど、もの悲しい気持ちになるのはなんでだろう。

「水野君への気持ちが桃の中で固まったら、また一緒に恋バナしようね。なにかあったら相談に乗るからさ！」

「百合菜……」

相変わらず優しくて頼りになる存在。百合菜がいてくれるだけで、とても心強い。

でも、私の中ではまだ気持ちの整理がつきそうにない。

「ま、ふとした時に好きだと気づくこともあるしね。こればっかりは本人次第だからがんばって！」

「がんばってって言われてもねぇ」

「ごめん、私、そろそろ塾だから行かなきゃ」

「え？　あ、もうそんな時間？」

まだまだ話し足りなかったけど、名残惜しく家に帰った。

動き出す恋時計

夏休み前のテスト週間が終わった。

蓮につきっきりで勉強を教えてもらった結果、どの教科も平均点以上取ることができてホッと胸をなでおろす。

ようやくこれで夏休みを満喫できそうだ。

去年は受験で勉強ばかりしていたぶん、今年の夏は思いっきり遊んで弾けたい。

五日後に迫る夏休みを楽しみにしながら今日最後の授業を終え、ホームルームが終わって掃除の時間がやってきた。

みんなそれぞれの持ち場に散っていき、私を含む数人だけが教室に残って掃除をはじめる。

教室掃除の役割《やくわり》分担はとくに決まっていないけど、早く帰りたい一心《いっしん》でみんながそれぞれテキパキと動いていた。

その中でまだ手がつけられていない場所を探す。

黒板が最後の授業で使ったままになっていたので、私は黒板の前に立って黒板消しを手に取った。

手近なところから消していくと、白い粉がハラハラと宙《ちゅう》に舞う。ケホケホと咳をしながら、それでもなんとか届く範囲に手を動かした。

だけど、どうしても上のほうだけが背伸びをしても消すことができない。ピョンピョン跳《は》ねながらやってみたけど、綺麗にならずまだらになってしまった。

こんな時、あともう数センチ背が高かったらって思ってしまう。

仕方ない、椅子に乗って消すしかないか。

「貸して」

突然背後から低い声が聞こえてビクッとした。すぐそばに感じる体温。ふと横目に見えたのは、整った横顔。

「み、水野君」

手から黒板消しが奪《うば》い取られ、その時指先が軽く彼の手に触れて、ドキンと胸が高鳴る。

私がどれだけ格闘《かくとう》しても消えなかった黒板の文字を、いとも簡単に消していく。触れた指先がジンジンする。

水野君はあっという間に黒板を綺麗にし終えると、手についたチョークの粉をサッと払って、黒板消しをクリーナーにかけてくれた。

「あ、ありがとう」

「チビのくせに、無謀《むぼう》なことすんなよ」

「チ、チビって言わないでよ。気にしてるんだから」

相変わらず失礼なことばかり言うよね、水野君って。

だけどそんな水野君にドキドキしてる私は、どうかしている。

百合菜の言葉がよみがえる。

『ずばり、恋でしょ』

ううん、違う。

そんなわけない。

『ふとした時に好きだと気づくこともあるしね』

そんなんじゃないいんだから！

「そういえば……水野君は夏休みはどっか行くの？」

他愛ない話題を振って邪念《じゃねん》を消そうとしてみる。

クリーナーをかけながら、水野君は私をチラ見してポツリとつぶやいた。

「べつに、どこも」

「夏休みだよ？　海は？　花火大会は？」

「そんなくだらない所に、俺が行くと思うのかよ？」

「えっ、それは……なんとも言えない」

たしかに、なんとなく人が多い場所は苦手そうな気がするし、イベントごとには興味がなさそう。

「ま、行くけどな」

「行くんかいっ！」

思わずつっこんでしまう。

水野君はニヤリと笑った。

水野君ってこういうことも言うんだ？　なんだかますますつかめない人だな。

「誰と行くの？」

つい聞いてしまった。プライベートなことを聞くと『夏目には関係ない』って言われてきたから、きっとそう言われる。

それがわかっていても、ついつい聞いてしまうのは気になるから。

どうして気になるのかは、今は考えたくない。そう思っていたら、思いがけない言葉が返ってきた。

「夏目と一緒に行ってやってもいいけど」

「えっ!?」

今、なんて言った？

聞き間違いじゃないよね？

私が誰と行くの？って聞いて、そんな返事が来るとは思ってなかった。

なんでそんなに上から目線なのかはわからないけど、瞬時にその言葉に浮かれてしまう私がいる。

水野君にしてはぎこちなく遠慮がちな態度。恥ずかしいのか、ほんのり顔が赤いような気がするし。

あの水野君が……照れてる？

なんで？

っていうか、どうして私と？

わけがわからなくて少しとまどった。

だけど、理屈じゃなくうれしくて、胸の奥からじわっと温かいものがこみあげる。

心臓の鼓動も激しさを増して、水野君の耳に届くんじゃないかと不安になった。

本気で言ってる？

っていうか、水野君はどこに行くつもりでいるんだろう。

海？

花火大会？

「どうなんだよ？」

「えっ、あ……」

至近距離で顔を覗き込まれた。水野君は背が高いから、屈《かが》むようにしてまっすぐに私の目を見つめる。

「ち、近いってば！」

その視線に耐えきれなくて一歩あとずさる。目を合わせていられなくなって、顔を伏せた。だけどひしひしと視線を感じて、心臓が口から飛び出しそうなほど恥ずかしい。身体の全細胞《さいぼう》が活性化《かっせいか》して、水野君を意識しているような感覚。見られていると思うと、うまく息が吸えなくて身動きができない。

なんなのよ……これは。

うれしいと思ってしまっている。明らかにさっきよりも、夏休みが待ち遠しくて仕方がない。

「なに固まってんだよ。嫌なら断ってくれていいし」

「……行くっ！」

嫌なわけない。水野君から誘ってくれたんだもん。もう二度とないことかもしれないのに、断るわけないよ。

「絶対に行くから！」

「声でかっ。一回言えばわかるから」

クスクス笑われて、顔に火がついたように熱くなる。

「ご、ごめん」

「とりあえず、連絡先教えて」

「え？　あ、うん！」

まさか、水野君と連絡先を交換する日が来るとは夢にも思わなかった。

ドキドキしながらアプリのふるふる機能を使って、無事に連絡先を交換することができた。

水野君のトップ画面は初期設定のまま変えられていなかったけど、それがまた水野君らしいと思った。

「松野神社の祭りの日空けといて」

「うん、わかった」

松野神社のお祭りは、七月末の日曜日に高校の最寄り駅から七つ先の駅の近くの神社で行われる。神社にしては敷地《しきち》が広くて、そのすぐそばには川が流れている。

神社から川沿いにズラリと露店《ろてん》が並んで、それは一キロ以上にも及ぶ。

遠くからも人がやってくるほど、有名で規模《きぼ》が大きなお祭りだ。

次の日の朝、めずらしく早起きした私はいつもより早く家を出た。すると、ちょうど隣から出てきた蓮と出くわし、一緒に登校することに。

最近では行き帰りが別々だったから、こうして並んで登校するのはかなり久々だ。

「なんかあったのか？」

「えっ？」

「顔がゆるみすぎだろ」

「えー、そうかな」

自分ではまったくそんなつもりはないんだけど。

とりあえず「そんなことないでしょ」と、適当にごまかした。

蓮は少し髪が伸びて、めずらしく今日は眼鏡をかけていない。聞いたところによると、最近ではコンタクトレンズを使うことが多いんだとか。

中学の時は『目がゴロゴロするからコンタクトは嫌だ』って言ってたのに、慣れてしまえばこっちのほうが楽なんだって。

駅に着き、最近一番うしろの空いている車両に乗るようにしているという蓮に合わせて、ホームに立った。

うしろの車両に乗るのは初めて。ほかの車両よりも同じ制服を着た生徒がたくさんいて、いつもと違った景色が広がっている。

高校で新しくできた友達なのか、蓮は数人の男子たちのグループに向かって挨拶をしていた。ほとんど知らない男子たちばかりで、蓮の世界も広がっているんだなぁということを実感する。

こっちを見てヒソヒソ言ってる女の子のグループがいて、どうやら蓮を見てきゃあきゃあ言ってるようだった。

私に対して鋭い視線が飛んでいるような気もするけど、気にしないことにする。

「蓮は好きな人とかできた？」

「え？　は？　なんだよ、いきなり」

空いていたふたりがけの席に座った直後。カバンから参考書を取り出そうとしていた蓮の手がピタリと止まった。

そして目を見開いて私を見つめる。

「いきなりじゃないよ。高校に入ってから結構経つし、いてもおかしくないでしょ？　勉強ばっかしてないで、そろそろ恋愛に興味持ちなよね」

それで、どうなのよー？と、私はからかうように蓮の脇腹を肘で軽くつつく。

「わ、やめろよ。おい」

「あは、相変わらず脇腹弱いんだ？」

焦って大きな身体をよじらせて私から逃げようとする蓮に手を伸ばして、脇腹をくすぐる。

「ぶっ、ははっ、バカ。マジ、やめろ」

「うふ。蓮がそんな反応するから、よけいやりたくなるんだよ」

私は両手でさらにくすぐった。

「ははっ。おい……っお前なぁ、いい加減にしろよ」

手首をパシッとつかまれて動きを止められる。蓮の手は私の手よりもはるかに大きくて力強い。さすがに力ではかなわず、おふざけはそこで終了した。

「人をおもちゃにしやがって」

「あはは、だってー。たまにはいいじゃん」

「なにが〝たまには〟だよ。ったく、これだから桃は」

唇をとがらせながら呆れ顔を浮かべる蓮。私はそんな蓮の手を払って、今度は私から蓮の手をギュッと握った。

「そんなに呆れないでよー！　これも一種の愛情表現じゃん。久しぶりに蓮と絡めてうれしいと思ってるんだよ？」

なんて半分くらいは冗談だけど、蓮の目を見つめながらにっこり笑って言ってみた。

「中学の時はずっと一緒だったけど、今はクラスも離れてるし……寂しいんだよ。ほんとは、もっと絡みたいんだよ」

これはほとんど冗談。でも、寂しいと思ってるのは本当だ。

わざとらしく顔を伏せ気味にして語尾を小さくしてみた。

「な、なに言ってんだよっ」

動揺したような蓮の声。明らかに照れているのがわかる。

上目遣いで蓮を見ると、顔をまっ赤にして困惑していた。蓮のこんな顔は初めて見るかもしれない。

まっ赤になるなんて。あは、かわいいやつめ。

「蓮ちゃん、よーしよしよし。なでなでしてあげる」

「バカッ、やめろ。触るな」

「照れなくてもいいじゃん」

「て、照れてないしっ」

そうは言っても、耳までまっ赤ですよ？

「ぷっ。蓮って妙に大人ぶってるけど、反応はすごく初々しいよね。からかいがいがあって面白いよ」

「からかってたのかよ……！」

「それなのにまっ赤になっちゃって、ウブなんだから。まぁでも、寂しいっていうのは本音だけどね」

じとっとした目つきでにらんでくるけど、本気で怒っていないことがわかる。

「桃ちゃんのかわいい冗談ってやつだよー。蓮の反応が面白いから、ついね」

「なにがかわいい冗談だよ。桃にはいつも振り回されてばっかりで……」

ブツブツと文句を言う蓮。

仕方ないでしょ。蓮の反応を見てると、もっとやりたくなるんだから、なんて蓮のせいにしてみる。

蓮は大きなため息をつきながら、私の手をいとも簡単にほどいてプイと顔を背《そむ》けた。

「すねないでよー！　謝るからさ」

「悪いと思ってないだろ？」

「え？　まぁ、蓮だからね」

「……おい」

「ウソウソ、冗談だよ。悪いと思ってる」

「ほんとかよ」

蓮の顔がこっちを向いて、すねたような目を向けられる。子どもみたいで、なんだかかわいい。

どうってことのない、こんなやりとりが楽しい。

皐月といる時も楽しいけど、生まれた時から一緒にいる蓮とはまた違っていて。蓮といると落ち着けるというか、安心感があって心が安らぐ。

「で、どうなの？　好きな人、いるの？」

「桃には関係ないだろ」

「あるよ。幼なじみで家族みたいなもんなんだから」

「家族にそんなこと言うやつ、いるの？」

「いるよ！　今ここに！」

蓮はなにかを考え込むようにしばらく真顔で無言を貫いたあと、小さくポツリと言い放った。

「いるよ。だけど、誰かは言わない」

妙にかしこまって落ち着いた声だった。

いると言うと、私がしつこく名前を聞き出そうとすることを考慮《こうりょ》しての返事。

「へー、いるんだ？」

かなり意外だ。言わないって言われたら、よけいに気になってくるんだけど。

でも蓮はガンコだから名前は絶対に教えてくれないだろう。

私に言いたくないってことは、私の知ってる人？

うーん、気になる。聞きたいのに聞けないのが、すごくもどかしい。

「そういう桃はどうなんだよ。いるの？」

「私？」

好きな人……。

「い、ない……かな？」

水野君の顔が一瞬頭をよぎったけど、頭を振ってすぐに残像《ざんぞう》を打ち消す。

「なんで疑問形？」

「え、いや、べつに深い意味はないよ」

「なんか怪しいな」

お返しとばかりに、蓮が攻めてくる。

「そ、そう……？　そんなことないよ」

「本当にいなかったら、もっとあっけらかんとしてるだろ」

うっ、さすがは蓮。私のことをよく知っているだけある。

好きな人……。

「いるんだ？」

蓮はなぜかしつこく私に詰め寄る。真剣な表情で見つめられて、その目はなんだか私を責めているよう。

すごく気まずいんですけど。

「い、いないって言ってるじゃん……！　蓮って、変なところでしつこいよね」

そうは言っても、いないって言ってる自分に少しだけうしろめたさを感じる。

「いるんだ？」

「……うっ」

こうなったら蓮は私が認めるまで問い詰めてくるに違いない。蓮の性格は私が一番よく知ってる。

「好きな人というか……気になる人はいる、かな」

「ふぅん」

私が認めたあとは、そっけない返事が返ってきた。そっけなさすぎて、拍子抜けしてしまうほどだ。

「どんなやつ？」

「え？　それは秘密」

だって蓮に言うとか恥ずかしすぎるでしょ。だいたい、ちょっと気になるだけで好きっていうわけじゃないし。

「いいやつなの？　そいつ」

「え？」

蓮にしてはいつになく食い下がってくる。普段ほかの話題なら、ここまで聞いてこないのに。きっと、私のことを心配してのことなんだろう。

「うーん……難しいな。ぶっきらぼうだけどなんとなく温かくて、でもなんだか闇がありそうな……そんな人、かな」

結局、抽象的に水野君のことを説明する羽目《はめ》になってしまった。だって、あまりにも蓮の目が真剣そのものだったから。

なんだか言わずにはいられなくなってしまった。

「……そっか」

蓮はしばらく間を置いてから、ささやくような小さな声を出した。さっきまでと違って、今はなんとなく元気がないように見える。だけどそう見えたのは一瞬だけで、すぐに取りつくろうようににっこり笑った。

「ま、なんかあったら相談しろよな」

「ありがとう。蓮も私に協力してほしいことがあったら言ってね。全力で力になるからさ！」

「あっても桃にだけは頼まないから」

なぜだろう。

そう言った蓮の表情が曇っているような気がする。

「あ、今年の松野神社のお祭りは……蓮と行けないかも」

毎年蓮と行っていたお祭り。断るのは気が引けるけど、今年は先約《せんやく》があるから仕方ない。いつも一緒に行く約束をしてるわけじゃなかったけど、気づくといつも蓮と行くことになっていた。

だけど今年は違う。

今年は水野君と行くんだよね。

なんだかまだ信じられない。想像するだけで思わずニヤけてしまう。

「そいつと行くんだ？」

「え？」

ズバリ言い当てられて、ごまかすことができずに小さくうなずいた。

「ごめんね、いつも一緒に行ってたのに」

「や、いいよ。今年は俺もクラスのやつらと行こうと思ってたから」

「そうなの？　それならよかった」

それから他愛ない会話を続けたけど、蓮はどこか心ここにあらずという感じだった。

人の話を聞いているようでぼんやりしてるし、意地悪なことも言ってこないし、なんとなく蓮らしくない。

どうしちゃったんだろう。

気になりつつも、勉強のしすぎで疲れてるのかな？と勝手に解釈《かいしゃく》して深くは聞かなかった。

「桃ちゃん、おはよう」

高校の最寄り駅に着き、改札を出て通学路を少し歩いた所で、ばったり麻衣ちゃんに出くわした。

「あ、おはよう」

今日の麻衣ちゃんもとてもかわいい。

髪型は雑誌を見て勉強したんだろう。頭のてっぺんから耳の横にかけて編《あ》み込みがされ、下ろし毛はサイドでひとつに束《たば》ねられている。

ピンクの水玉模様の小さなリボンがついたかわいいゴムと、その髪型がとても似合っている麻衣ちゃん。

通り過ぎていく男子や女子の視線が麻衣ちゃんに集まる。麻衣ちゃんは慣れているのか、そんな視線をものともせずに堂々としていた。

「おはよう、須藤君」

麻衣ちゃんはチラッと蓮にも目を向けて笑顔を向ける。

「おはよう」

蓮もにっこり微笑んだ。猫かぶりキャラ発動《はつどう》中らしく、爽やかな笑顔を浮かべている。ふたりは同じクラスで、そこまで関わりはないみたいだけど、挨拶くらいはするらしい。

蓮のやつ。さっきまで上の空だったくせに、切り替えが早いんだから。

「私も一緒に行っていいかな？」

私と蓮の顔を交互に見ておうかがいをたてる麻衣ちゃん。私が迷わずにうなずくと、蓮は「じゃあ、俺はあいつらと行くわ」と言い残して、通りかかった男友達の輪の中に入っていった。

「はぁ」

蓮はきっと気を遣《つか》ってくれたんだろう。

学校に向かって歩きだした時、なぜか麻衣ちゃんは大きなため息をついた。

「どうしたの？」

「いや、うん、えっとね……こんなこと、桃ちゃんにしか言えないんだけど」

恥ずかしそうにもじもじして、麻衣ちゃんはなぜか頬を赤らめている。

「実は私、須藤君のことが好きなの」

「えっ？　蓮が好き？」

思わず大きな声が出た。すると麻衣ちゃんは「しーっ！」と人差し指を立てて、周囲を気にしてあたりをキョロキョロと見回す。

「あ、ごめんごめん。だって、ビックリしちゃって」

みんなの憧れの存在で人気者の麻衣ちゃんが、まさか蓮のことを好きだとは。

麻衣ちゃんまで蓮の王子様キャラにだまされているんじゃ……。

「ち、ちなみに蓮のどこがいいの？」

「えっとね。須藤君って表面的にはニコニコしてるけど、キャラを作ってる感じっぽい気がするんだよね。みんなの前では王子様キャラを演じてる、みたいな。男友達の前でたまーに素に戻る瞬間があるんだけど、私はそっちの須藤君のほうが……自然体でいいなって。一度そう思いはじめたら、なんだかすごく気になって……気づいたら目で追うようになってたんだよね」

照れくさそうに話す麻衣ちゃんは、今まで見た中で一番かわいかった。

「いつ好きだって気づいたの？」

「気づいたのは最近かな。本当の須藤君はどんな感じなんだろうとか、もっといろんな顔を見てみたいなっていう欲《よく》が出てきた時に〝ああ、私は須藤君のことが好きなんだ〟って自然にそう思えたの」

麻衣ちゃんは人のことをよく見ていて、自分のこともすごく分析《ぶんせき》している。それに考え方が大人というか、自分の気持ちから逃げてばかりいる私とは大違いだ。

蓮のことをそんなふうに見てくれている人がいて、なんだかとてもうれしくなった。

「実は今も、須藤君と一緒に登校したくて声をかけたんだけど。逆に気を遣わせちゃったよね」

少し残念そうな麻衣ちゃん。本当に蓮のことをよく見てるなぁ。蓮に麻衣ちゃんはもったいない気もするけど、麻衣ちゃんの恋がうまくいけばいいなぁって思う。

「全力で応援するから、私にできることがあったら遠慮なく言ってね」

「ほんと？　うれしい！　じゃあ早速《さっそく》ひとつだけいいかな？」

「うん、もちろんだよ」

「今月末に松野神社のお祭りがあるよね？　なんとか須藤君を誘ってもらえないかな？　みんなで行くっていう形にして、桃ちゃんと須藤君と私で行くのはどう？」

「麻衣ちゃん、ごめん。お祭りの日は、蓮はクラスの友達と約束してるらしいの。私も、その……ほかの人と約束してるの」

「そうなんだ、残念。松野神社のお祭りの日に、好きな人と神社にお参《まい》りしておみくじを引くと、その人と結ばれるっていうジンクスがあるんだけどなぁ」

「えー、なにそれ、知らない」

「お祭りの日だけは、夜九時までおみくじが引けるようになってて、うちの中学では有名なジンクスだったよ。みんな松野神社のお祭りだけは、好きな人と行くんだってはりきってた。だから、夏休み明けのカップル率がすごかったんだ」

麻衣ちゃんはすごく残念そうだった。でも、蓮はクラスの人と行くって言ってたし。私も水野君と約束してしまった。

申し訳なくて謝り続けると、麻衣ちゃんは「こっちが無理なお願いしたんだから、気にしないで」と笑顔を見せてくれた。

よかったと、ホッと胸をなで下ろす。

そして、とりとめもない話をしながら麻衣ちゃんと学校へ向かった。

Lovers * 3

近くて遠い花火大会

待ちに待った夏休みに突入し、毎日汗だくになって暑さをやり過ごしながら、松野神社のお祭りの日を指折り数えてはにやけてしまっていた。

お祭りの日は日曜日なので、仕事が休みのお母さんに浴衣《ゆかた》を着せてもらうことになっている。

今年はお父さんにおねだりして新しい浴衣を買ってもらったんだ。紫色《むらさき》の生地《きじ》に白い花が描かれたシンプルで大人っぽい浴衣。帯《おび》には蝶々柄の綺麗なラメが入っていて、すごく気に入っている。

着るのが楽しみだな。

水野君にも早く会いたい。夏休みに入ってから、会えなくなって寂しいと思っている私がいる。

毎日なにをしてるのかな。思えば、水野君のことってなにも知らないや。

どんな所に住んでいて、家族はどんな人たちなんだろう、サッカーが上手だけどいつ頃からはじめたんだろう、私に似てる親友がいるって言ってたけど、どんなところが似てるんだろう。

もっと詳《くわ》しく聞けばよかった。なんて、今さら後悔。

どうしてこんな気持ちになるのかは、もう薄々《うすうす》感じている。

ううん、最初からわかっていた。ただ認めたくないだけだった。

水野君のことが、好きなんだって。

もっと水野君のことが知りたい。もっともっといろんな顔が見てみたい。

そう思うのは、水野君のことが好きだから。

「あー！　どうして……水野君なんだろう」

それだけは絶対にないと思っていたのに。なんで。

会えなくなって初めて気づいた。こんなにも誰かに会いたいと思ったのは、初めてだって。

水野君のことを想うと、胸の奥がキュッと縮まって苦しくなる。ドキドキして、一日中ずっと私の意識の中にい続ける。気づくと自然とため息がもれて、考え込んでしまっている。

〝また連絡するから〟って言ってたから、スマホが鳴るたびに水野君じゃないかって期待して、違うとわかったらすごく落ち込んでショックを受ける。

またっていつ？

気になって仕方ないよ。

でも自分から連絡をする勇気はなくて、ただただいつ来るかわからない連絡を待ち続けている。

きっと水野君は私のことなんて一切《いっさい》頭にないだろうね。お祭りの前日になって、そこでようやく私のことを思い出す？

それはちょっと寂しいな。早く思い出してほしいよ。忘れられてるって感じることほど、寂しいことはないんだよ。

そもそも、水野君はどうして私をお祭りに誘ったの？

どう考えても誘う相手が間違ってるでしょ。

誘われたことがうれしくて舞い上がっていたけど、最近になって疑問に思うようになった。

どうして私なんだろう。水野君も同じ気持ちでいてくれてるってこと？

いやいや、ないない。あるわけない。そんなことを考える私って、本当にないわ。

どうかしてるよ。

お祭り当日、この日は朝から雲ひとつない晴天で降水確率《こうすいかくりつ》はゼロに近く、まさにお祭り日和《びより》といってもいいほどの天気だった。

猛暑日《もうしょ》が続いていて、朝から全身に汗をかくほど気温が上がっている。

冷房がガンガン効《き》いた部屋で夕方お母さんに浴衣を着せてもらった。お母さんは化《け》粧品《しょう》を扱う会社で働いていて、自分のメイクもだけど、人にメイクをするのもすごく上手。

私はお母さんにお願いして、浴衣に合うメイクと髪型をセットしてもらった。蓮と行くのかと聞かれたけど、新しくできた高校の友達と行くって言っておいた。

私と水野君は友達だし、間違ってはいないよね。

水野君からは昨日の夜にメッセージが来て、今日の夕方十八時に松野神社の南側の入口で待ち合わせることになった。

昨日の夜は変に神経が高ぶってまったく眠れず、ようやく眠りについたのは今日の朝方。それでも二、三時間しか寝られなくて早くに目覚めてしまった。

でも、今は全然眠くないの。むしろ、パワーがみなぎっているような気がしてすこぶる元気。

それよりもドキドキして落ち着かないのと、水野君と学校の外で会うということですごく緊張する。

メイクをしてもらってから家を出ると、太陽がマンションの五階の高さと同じくらいの位置にあった。

夕方になったけど気温はまだまだ高くて、歩いていると全身に汗がふき出す。せっかくかわいくしてもらったのに、汗をかいたら意味がない。額に浮かんだ汗をハンカチで慎重《しんちょう》にぬぐいながら、なるべく日陰を選んで駅までの道を歩いた。

電車に乗っている間も、松野神社があるふたつ目の駅に着くまでソワソワして落ち着かない。電車の中には浴衣姿の女の子がたくさんいて、グループで楽しそうにはしゃいでいる。

ドア付近の端っこに立ちながら、移りゆく外の景色を眺めていた。

駅に着いたとたん、心臓が口から飛び出しそうなほどバクバクしてきた。水野君のことを好きだと認めてから、初めての再会《さいかい》にドギマギする。

「はぁ、緊張するよ」

どんな顔をして会えばいいの？

普通に話せるかな。

恥ずかしすぎて目を合わせられないかもしれない。

緊張しながら電車を降りた私は、無意識に両手を胸の前でギュッと握りしめていた。

人の波に乗って改札を出ると、川沿いの道を歩きながら松野神社へ向かう。

川沿いの屋台はすでににぎわっていて、食べ物のいい匂いがあたりに充満していた。

お腹空いたけど、帯がきつくて食べられる気がしない。

途中で知ってる人に出会わないかと思ったけど、あまりの人の多さに周りを見ている余裕はなかった。

神社の南側の入口は一番手前にあって、しばらく歩くと大きな鳥居《とりい》が見えてくる。そこには人だかりができていて、どうやらみんな待ち合わせ場所として使っているようだ。

水野君の姿を探したけど、それらしき人は見当たらない。

まだ待ち合わせの十分前だもんね。

もうすぐ来るかな。

でも、私が見つけられないだけで、先に来てたらどうしよう。

なんて思いながら巾着《きんちゃく》の中からスマホを取り出す。画面を開いてみたけどなんの連絡もない。

一応〝着いたよ、待ってるね！〟とだけメッセージを送った。だけど既読《きどく》がつかないので、スマホを巾着の中にしまって待つことに。

人波の邪魔にならない空いたスペースに身を寄せて、ふぅと一息つく。

あたりはオレンジ色に染まって、太陽がだんだん沈んでいく。赤い提灯《ちょうちん》がところどころで揺らめいて、お祭りらしい空気が出ていた。

刻《こく》一刻と待ち合わせの時間が迫り、緊張が最高に高まった時だった。

「待たせたな」

正面から来ると思ってキョロキョロしていた私は、いきなり背後から声をかけられてビックリした。

あわてて振り返ると、そこには私服姿の水野君が。

「ビ、ビックリしたぁ」

水野君は濃紺《のうこん》のジーンズを腰ではいて、上はワンポイントの刺繍《ししゅう》が入ったグレーのポロシャツ。足もとはスニーカーだ。

初めて見る私服姿は新鮮で、学校以外の場所ということがなんだか照れくさい。

「まさか、うしろにいるなんて。駅、こっちじゃないよね？」

電車で来たんじゃないの？

「つーか、ここ俺の地元だし。家も、すぐそこだから」

へえ、家が近くなんだ？　知らなかった。

相変わらず水野君は淡々としていて、お祭りだというのにテンションは学校にいる時と同じだ。お祭りが楽しみだという気配は一切感じられない。

まぁ、水野君らしいといえばそうなんだけど。

「なんだか久しぶりだね。毎日なにしてた？」

「べつに、ボーッとしてた」

なんだか要領を得ない返事。聞かれたくないのか、水野君はあたりをキョロキョロしはじめた。

「あ、お腹空いた？　そろそろ回る？」

「いや、そうじゃなくて。人探してる」

えっ？

疑問が浮かんだのと同時に「あ、いた」という水野君の声が聞こえた。

反射《はんしゃ》的に水野君の視線の先をたどる。

そこにはオレンジ色の浴衣を着た瑠夏ちゃんの姿があった。ドクンと鳴る鼓動。まさか、ね。

「ごめんごめん、遅くなっちゃった！」

おぼつかない足取りで申し訳なさそうに走ってくる瑠夏ちゃん。それを迎えにいく水野君。ふたりは私の目の前まで仲よく歩いてやってきた。

「桃ちゃん、久しぶり！　今日は来てくれてありがとう」

「えっ、あ」

なんで瑠夏ちゃんが……？

水野君とふたりきりじゃないの？

私はてっきりそう思っていた。だって、瑠夏ちゃんが来るなんて聞いてない。

「えっと、あの……今日は三人で回る感じなのかな？」

恐る恐る問いかけると、瑠夏ちゃんは一瞬キョトンとした。そして、すぐになにかを察したようにハッとする。

「春ちゃん……まさか、桃ちゃんに私が一緒にお祭りに行きたがってること言ってなかったの？」

「瑠夏が夏目を祭りに誘えって言うから、誘っただけだろ」

「えー、もう！　ちゃんと言っといてくれなきゃ困るよ。私がいるから、桃ちゃんビックリしてるじゃん」

自分の中の熱が急速に冷めていくのを感じる。

なんだ、そういうことだったのかって妙に納得している自分がいた。だって、そうだよ。水野君が私を誘うなんて、どう考えてもありえないことだったのに。少し考えればわかることだったんだよ。

それなのに私は、水野君に誘われたと思い込んで舞い上がって……ドキドキして、今日の日を心待ちにしていた。

水野君は瑠夏ちゃんに頼まれたから仕方なく私を誘っただけだったのか。

誘ったといっても、すごく上から目線な言い方だったし、私と一緒に行きたいわけじゃなかったんだ。

……なーんだ。

「桃ちゃん、ごめんね。春ちゃんが、ちゃんと言っておいてくれなかったばっかりに。私、桃ちゃんと仲よくなりたいなって思ってて。それで、春ちゃんにお願いして誘ってもらったの」

「あ、うん……全然大丈夫だよ。私もおかしいなと思ってたんだ」

ショックを隠すように、取りつくろって笑って答える。大丈夫、普通に返せた。どこもおかしくない。うん、ちゃんと笑えている。

「あの、それで、もしよかったらなんだけど……お祭り、一緒に回らない？」

三人でということなんだろう、瑠夏ちゃんが不安げに聞いてくる。

複雑な気持ちがこみあげた。だけどここで断るのは変だし、一緒に回りたいと言ってくれた瑠夏ちゃんの気持ちを無下《むげ》にもしたくない。

気づくと私はうなずいていた。そして、瑠夏ちゃんをまん中にして神社を歩く。人混《ひとご》みではぐれそうになりながらも、瑠夏ちゃんのオレンジ色の浴衣を目印にして進む。

だけど人が多くてゆっくりしか進めない。

周りの喧騒《けんそう》もすごくて、人に酔《よ》ってしまいそう。瑠夏ちゃんも人混みにアップアップしていて、飲み込まれそうな勢いだった。

なにかを買うとなったら行列《ぎょうれつ》に並ばないといけないし、まだまだ時間がかかりそう。

花火は二十時からだから時間はたっぷりあるけれど、暑さと人混みに疲れてヘトヘトになりそう。

お祭りの雰囲気は好きだけど、人混みだけはどうも苦手。

「なんか食いたい物ある？」

「うーんとねぇ、たこ焼きとりんご飴《あめ》」

「夏目は？」

「えっ？　いや、私は」

「腹減ってないわけ？」

「いや、そういうわけじゃないけど。じゃあ、私もたこ焼きがいいな」

「買ってくるから、お前らはどっか座って待ってて」

「えっ？　でも」

水野君だけに行かせるのは申し訳ない気がする。

「いいから、待ってろよ。ひとりのほうがスムーズに動けるから」

そう言って、水野君はスルスルと人混みを縫《ぬ》って歩きだした。

だけどなにかを思い出したかのように振り返り、「瑠夏！　転ぶなよ！　それと、変なやつが声かけてきても、無視するんだぞ」と言って再び前を向く。

瑠夏ちゃんにだけ見せる心配性な一面。瑠夏ちゃんはかわいいから、その気持ちもわからなくはないけど、一度下がった私の気持ちはなかなか戻ってこない。ううん、むしろよけいに下がったような気がする。

「春ちゃんにまかせて、私たちはどっか座れる場所を探そっか」

瑠夏ちゃんは私に向かってそう言い、どこがいいかなぁと考えている様子。

河原《かわら》に行ってみようということになり、神社から出て川沿いの道へ出た。

祭りばやしがどこからか聞こえ、提灯が道沿いにズラリと並んでいる。屋台の豆電球や、ところどころにある街灯があたりを明るく照らして、お祭りの雰囲気を盛り上げていた。

いつもならいろいろ食べたくなるのに、今日は全然食欲がない。

これなら、蓮や麻衣ちゃんと来たほうがよかったかもしれない。

座れそうな場所を見つけて、私たちは並んで座った。水野君のスペースを確保するため、まん中に少し距離を空ける。

瑠夏ちゃんは「疲れたねー」と言いながらも、満面の笑みを浮かべている。ニコニコしていて人当たりがよくて、とてもいい子。

「桃ちゃんの浴衣すごく大人っぽいね。似合ってるー！」

「ありがとう。瑠夏ちゃんこそ、かわいいよ！　さっきから通りすがりの男の子がチラチラ見てるもん。これじゃ水野君も心配だよね」

「私のはすごく子どもっぽいでしょ？　これ、中学の時のなんだ。春ちゃん、保護者《ほご》みたいだよね。子どもじゃないんだから、転ばないって」

クスクスと明るく笑い飛ばす瑠夏ちゃん。

保護者だと思ってるのは、瑠夏ちゃんだけだと思うよ。

転ぶのを心配しているのもあると思うけど……。

水野君は瑠夏ちゃんのことが大事だから、男の子に声をかけられないか心配で心配でたまらないんだよ。

瑠夏ちゃんのお願いを聞いて、苦手な私を花火大会に誘っちゃうくらい瑠夏ちゃんのことを想っている。

改めてそれを突きつけられて、なんだか苦しい。せっかく誘ってもらったのに、同じ空間にいるのがツラい。

水野君がどれだけ瑠夏ちゃんのことを想っているかを知るのが、こんなにも切ないなんて知らなかったよ。

それからとりとめもない話をしていると思った以上に時間が経っていたらしく、すっかり日が沈んで空が藍色《あい》に染まっていた。

水野君、遅いなぁ。瑠夏ちゃんとふたりきりでいるのは、なんとなく気まずい。だけど、三人でいるのはもっと気まずいだろうなぁ。

瑠夏ちゃんを大事に想っている水野君の姿を見たくない。

「桃ちゃんは好きな人いる？」

「えっ？」

突然の質問に、思わずドキッとしてしまった。まさか今この話題が出てくるとは、予想もしていなかった。

「いきなりだよね、ごめんごめん。私ね……好きな人がいるの」

瑠夏ちゃんは少し照れくさそうにはにかむと、なぜかそこでうつむいてしまった。

「理由があってまだ告白できてないから、私の片想いなんだけど。なかなか会えないし……連絡もあんまり取ってなくて」

顔を上げて悲しそうに笑う瑠夏ちゃん。

そう、なんだ？

瑠夏ちゃんの片想い……。

好きな人がいるんだ。

それって水野君じゃなくて？

でもこの言い方だと、違うっぽい。

てっきり私は水野君だと思っていた。ふたりは両想いなんだって、そう思っていた。

「その相手っていうのが、春ちゃんの親友なんだけど……サッカーやってて、カッコいいんだ」

「サッカー？　そういえば、水野君も……」

サッカーをしてたんだっけ。クラブユースのチームに入っていたんだよね。

もう二度とやるつもりはないって、佐々木君に言ってたっけ。

その時、水野君はとてもツラそうな顔をしてた。あの時、なぜか私まで苦しかったんだ……。

「蒼《そう》君っていうんだけど、蒼君もクラブユースの選手だったの。中でも春ちゃんとはいいコンビでね、小中学校は別だったんだけど、練習で顔を合わせるうちに仲よくなって、ふたりの自主練《じしゅれん》に付き合ううちに私と蒼君も仲よくなったの」

蒼君の名字は宝木《たからぎ》というらしい。瑠夏ちゃんはふたりのことを教えてくれた。

「ふたりともチームの代表にスタメンで選ばれるほどの実力の持ち主だったんだよ。将来の夢はプロのサッカー選手になって、揃《そろ》ってワールドカップに出場して、優勝すること……だった」

ニコニコと、でも時々顔をゆがませながら、過去形で話す瑠夏ちゃん。

気のせいかもしれないけど、その目が少し潤んでいるような……。

なんとなくしんみりした雰囲気になったので、その話はあまりしつこく聞かないほうがいいのかなと思った。

なんて声をかけようか迷っていると、瑠夏ちゃんが再び口を開く。

「蒼君はいつもニコニコして優しくて明るくて、春ちゃんが落ち込んでると、バカなことをして笑わせようとしたり、しつこく絡んで考え込まないようにさせたり。そんな気遣いができる穏やかな人なんだけど、なんとなく桃ちゃんに似てるんだよね」

「えー、私が蒼君って人に似てるのは、しつこく絡んでいくとこくらいだよ」

「あははっ、そんなことないよー！　なんとなく雰囲気が似てるんだよ。だからかな、桃ちゃんといるとすごく居心地がいいのは」

ほめられるようなことはなにもしていないはずなのに、瑠夏ちゃんは私のことを蒼君に似てると言う。

そういえば、水野君にも言われたな。

そんなことを思いながら、瑠夏ちゃんに笑顔が戻ったことにホッとする。

「じゃあ私の話はおしまーい。次は桃ちゃんね」

「えー！　私……？」

言わなきゃダメ？

瑠夏ちゃんは話してくれたんだし、言わないのはどうなのかな。でも、水野君のことをよく知ってる瑠夏ちゃんに、水野君のことは言いたくない。

「じゃあ、聞き方を変えるね。春ちゃんのこと、どう思ってる？」

ドキン。

「ど、どうって言われても……」

それを答えるほうが気まずいんですけど。

素直に好きだと言えない。だって瑠夏ちゃんは水野君の幼なじみだし、なんとなく恥ずかしいというか。

知られたくない、この気持ち。自分の中でもまだうまく整理ができなくて、瑠夏ちゃんに対して嫉妬《しっと》に似た感情を抱いているなんて悟られたくない。

「電車で一度会った時にね、春ちゃんが桃ちゃんに対して、すごく素の顔で接してたからビックリしたんだよね。春ちゃんって、元からクールなところがあるんだけど、最近では人を寄せつけないようになっちゃってたから。でも、桃ちゃんといるところを見て安心したんだ。きっと、春ちゃんも桃ちゃんといて安心してるんだと思う」

「そう、かな。苦手と思われてる気しかしないんだけど」

「ほんとに苦手だと思ってたら、まず話さないからね。春ちゃんって、好き嫌いはっきりしてるからさ。ふたりの姿を見て、桃ちゃんにならちゃんをまかせられるって思ったんだ。だから、うまくいけばいいのになぁってね」

「えっ？」

瑠夏ちゃんは水野君の気持ちを知らないのかな。たぶんきっと、私の予想が正しければ水野君は瑠夏ちゃんのこと……。

だから瑠夏ちゃんにそんなことを言われると、とても複雑な気持ちがわきあがってくる。

私が水野君の心の中に入る隙間なんて一ミリもないのに、瑠夏ちゃんは……。

「桃ちゃんは春ちゃんのことどう思ってる？」

「そ、それは……」

ううっ、瑠夏ちゃんって意外とズバズバ聞いてくるんだね。

「なんとも思ってねーよな」

背後に人の気配がしたかと思うと、低い声が降ってきた。思わずギクッとした。振り返らなくても、その声が誰のものなのかは明らか。

水野君は私たちの間を裂くようにまん中の空いたスペースに座ると、たしなめるような口調で瑠夏ちゃんに言う。

「なに変なこと言ってんだよ」

もしかしなくても、聞かれてた？

「えー、変なことじゃないじゃーん」

「そ、そうだよ、瑠夏ちゃん。変なこと聞かないでー！」

心の奥に隠した気持ちを悟られたくなくて、必死に笑って冗談っぽく返す。

「夏目は俺のことなんか、これっぽっちもタイプじゃないのにな。まぁ、俺もだけど」

グサッ。

水野君の何気ない本音が胸に突き刺さって、ズキズキと痛む。わかってるよ、わかってたよ。

瑠夏ちゃんに疑われるのは嫌だもんね。誤解されたくないもんね。

「夏目のタイプは優しくて笑顔が素敵で？　内面のよさが顔ににじみ出てるようなやつ、だったたっけ？　ま、俺とは正反対だよな」

ずいぶん前に言ったこと、よく覚えてるな。

そうだよ、私のタイプは水野君とは正反対なんだよ。それなのに……。どうして水野君のことなんか好きになっちゃったんだろう。

どうして、こんなにも涙が出そうなんだろう。

胸がヒリヒリして苦しい。ズキズキして痛い。

『俺を好きになっても無意味だから』

『俺はこれっぽっちもなんとも思ってないから』

そう言われているような気がして、告白してもいないのにふられたあとのようなむなしさが残る。

唇を噛みしめて、泣かないように歯を食いしばった。

「そうだ、これ。もう冷めたかもな。ほら」

差し出されたのは白いプラスチック容器。たこ焼きのいい匂いが鼻をかすめる。気持ちが落ち込んで食べる気になれないけど、せっかく買ってきてくれたのに受け取らないわけにはいかない。

「ありがとう」

そう言って手を伸ばし、たこ焼きが入った容器を受け取る。その時指先が水野君の手に触れた。

男らしいゴツゴツした手。触れた所が熱を持って、ドキドキが伝わってしまいそう。パッと手を引いて離れると「そんなに俺のことが嫌なのかよ」と苦笑いされた。

嫌なんかじゃないよ、その逆だよ。

恥ずかしいから、好きだから、水野君の一挙一動《いっきょ》にこんなにも感情が揺さぶられる。あたりが暗くてよかった。明るかったら、まっ赤になっているのがバレるところだった。

「つーか、今日は浴衣なんだな。馬子《まご》にも衣装《いしょう》だよな」

そんなふうに水野君が私をバカにして笑うから「うるさいなぁ」とむくれて返すこ

としかできない。

浴衣だけじゃない。髪型だっていつもと違うし、メイクだってしてるんだよ。きっと水野君は気づいてくれないだろうけど。

いいもん、おとなしくたこ焼きでも食べるもん。

すると、隣から突き刺さるほどの視線が。

水野君がこっちをまっすぐ凝視しているのが見えた。

「な、なに？」

そんなに見つめられたら、恥ずかしいんだけど。

「もしかして化粧してる？　いつもと違う感じがする」

まじまじと顔を覗き込まれた。水野君の整った顔にドキドキして、触れそうで触れない距離にハラハラする。

「し、してるよ。お母さんにしてもらったの」

「へぇ、それなりに似合ってるんじゃね」

「そ、それなり……？」

喜んでいいのかダメなのか。でも、まったくほめられている気がしないなぁ。

横から瑠夏ちゃんがからかうように口をはさむ。

「もう、春ちゃんってば。素直にかわいいって言えばいいのに」

「はぁ？　誰がだよ」

「そうやってごまかす癖《くせ》、直ってないんだね」

「そんなんじゃねーよ」

瑠夏ちゃんにクスクス笑われて、水野君はふてくされてしまった。仲がいいふたりの間に入っていくことができない。

瑠夏ちゃんはいいな。自然と水野君の隣にいることができて。違和感なく一緒にいられて。

「あ、そうだ。たこ焼き代払《はら》うよ。いくらだった？」

それまでふてくされていた水野君がこっちを見た。そして、口もとをゆるめて小さく笑う。

「いいよ、俺のおごり。夏目に瑠夏のこと言い忘れてたおわびってことで。それと、飲み物も買ってきたから」

そう言って水野君がビニール袋から取り出したのは、ペットボトルのストレートティー。私がよく学校で飲んでいるものだ。

「好きなんだろ、それ。よく飲んでるよな」

「あ、うん……！」

単純なことに、これだけで胸がじんわり温かくなる。人に興味がないという水野君が見ていてくれたことが、めちゃくちゃうれしい。

「ありがとう……」

どうしよう、本当にうれしいし、幸せ。たったこれだけのことなのに、涙が出そう。

それほど、水野君が私を見ていて、しかも好きなものを覚えていてくれたことにビックリした。

瑠夏ちゃんにはまだまだ負けるけど、私も自然と水野君の隣にいられるような存在になりたい。そして、もっともっと水野君のことを知りたい。仲よくなりたい。

一歩ずつでいいから、もっと近づけますように。

「あ、花火がはじまるみたいだよ！」

場内にアナウンスが流れて提灯の明かりがいっせいに消えた。それと同時にモヤモヤしていた気持ちも吹き飛んで、これからはじまる花火にワクワクする。

数分前までショックを受けていたというのに、なんて単純なんだろう。でもでも、せっかく来たんだから、楽しまないとね。

――ヒュルルルルルル。

――パーン。

ドーンと音がとどろいて、夜空に打ち上がる無数《むすう》の花火。高い位置と低い位置の両方に打ち上げられて、オープニングからすごく派手《はで》だ。

私たちが座る河原から真正面の位置にでかでかと見えて、こんなに近くから花火を見るのは初めてで、とても感動した。

「桃ちゃん、綺麗だね！」

「うん、そうだね！　テンション上がるー」

だってだって、まん前だよ？

ど迫力だよ？

ほんとにすごいや。

チラッと水野君を盗《ぬす》み見ると、偶然こっちを見ていて目が合った。

「き、綺麗だよね、花火」

「ん？　ああ、だな」

「ほんとに思ってる？　学校にいる時と変わらないよね、テンションが」

淡々としてるし、相変わらず無表情でなにを考えているのか全然わからない。

苦笑しながらそう言うと、水野君の手が伸びてきた。そしてグーを作って私の頭を軽く小突く。

「思ってるっつーの」

少しふてくされたようにムッと唇をとがらせる水野君。そんな水野君を見て、思わず胸の奥がキュンとなった。

「春ちゃんは感情が表に出にくいタイプだからね」

「瑠夏と夏目は出しすぎだけどな。もう少し控えめにすれば？」

「ひどー。どう思う？　桃ちゃん」

今度は瑠夏ちゃんがふてくされた。子どもみたいに頬をふくらませて、じとっとした目で水野君を見る。

「ひどいよね、水野君」

「だよねだよね！　春ちゃんはいつも一言《ひとこと》よけいなんだから」

「騒いでないで花火を見ろよ」

「言われなくてもそうするしー！」

すねる瑠夏ちゃんを優しい眼差しで見守る水野君。

それを少しうらやましいと思いながら、私と水野君の距離の遠さを実感する。

花火が打ち上がるたびに、その光に照らされて水野君の横顔が浮かんでは消える。

花火を見つめるまっすぐな水野君の視線に、ドキドキした。

しばし無言で観覧する私たち。

胸のドキドキを隠すようにして、たこ焼きをほおばりストレートティーを飲んだ。

ちょっとぬるくなったそれは、喉《のど》を通って胃に流れ込み熱を冷まそうとしてくれる。

花火はフィナーレを迎え、連続で上がったあと最後に滝のように流れ落ちてまばらに消えていった。三十分という短い時間だったけど、あまりにも綺麗すぎて、花火が消えたあともずっと夜空を見上げていた。

どこからか拍手がわき起こり、それは次から次へと伝染《でんせん》していく。気づくと私も手が痛くなるくらい叩いていた。

「綺麗だったね！　ものすごく感動しちゃった。ラストは鳥肌《とりはだ》が立っちゃったよ」

興奮気味に振り向くと、なぜかふたりは目を見合わせて「ぷっ」とふき出した。

「桃ちゃん、かわいい。目がキラキラしすぎだよー！」

「花火ではしゃぐとか、子どもかよ」

今日の水野君はめずらしくよく笑う。

「そんなに笑わなくても。綺麗なものを見て感動するのは、当たり前のことだと思うけど？」

少しすねたように、ムッと唇をとがらせる。

「まぁ、そうだね。私も感動したけど、鳥肌までは立たなかったよ。なんだか桃ちゃんの反応が蒼君に似てたから、思わず笑っちゃった」

瑠夏ちゃんの口から出た『蒼君』という名前に、それまで笑っていた水野君の表情が一気にこわばった。

そして気まずそうに顔を伏せる。

「桃ちゃんといると、蒼君を思い出すことが多いなぁ……」

ひとりごとのようにそうつぶやいた瑠夏ちゃんの声にも、だんだんと元気がなくなっていく。水野君に蒼君のことを聞いてもいいのかな。いや、でも、なにも聞いてくれるなというオーラを放っているような……。

ふたりとも深刻《しんこく》そうな顔をするから、蒼君のことが気になって仕方なくなる。だけど、なにも聞けなかった。

「いっけない、帰らなきゃ。お兄ちゃんが迎えに来てるんだ。花火が終わったら、すぐに神社から出てこいって言われてたの」

「マジかよ、相変わらず過保護な兄貴《あにき》だな」

「まぁね。怒らせると怖いから、もう行くね」

あわてて立ち上がる瑠夏ちゃんに続いて、水野君と私も同じように立ち上がった。

「桃ちゃん、今日はありがとう。とっても楽しかった！　これにこりずにまた遊ぼうね！　春ちゃん、夜道は危《あぶ》ないから、ちゃんと桃ちゃんを送ってあげてね！　じゃあ、バイバイ」

「え、あ、バイバイ……！」

手を振って人混みの中にまぎれていく瑠夏ちゃんに、私も大きく手を振った。

松野神社のおみくじ

ど、どうしよう……ふたりきりだ。

瑠夏ちゃんが帰ったあと、気まずい沈黙が押し寄せた。どうすればいいかわからず、視線をさまよわせていると。

「行くぞ」

「あ、う、うん！」

そう言って水野君が歩きだしたので、私もあとを追った。河原にはたくさんの人が列を作って歩いていて、水野君は流れに逆らうように神社のほうへと向かって行く。

駅は反対方向なのに、どこへ向かっているんだろう。

帰る人も多いけど、屋台にもまだまだ人が並んでいて、お祭りは終わる気配を見せない。

たどり着いたのは神社の前。河原に人があふれていたぶん、境内はさっきよりもだいぶ人が減っている。これなら人にぶつからずに歩けそうだ。

「まだ時間大丈夫か？」

「あ、うん。大丈夫だよ」

「食い足りなくてさ。ちょっと付き合えよ」

水野君は境内へと視線をやり、私の返事も聞かずに入っていく。

もう少し一緒にいられるってこと？

もう帰るとばかり思っていたから、その申し出はとてもうれしい。

胸を弾ませながら、一緒に屋台を見て回る。水野君はさっきたこ焼きと唐揚《からあ》げを食べていたのに、今度は焼きそばと焼き鳥とイカ焼きを買って食べていた。

さすがは男子だなぁなんて思いながら、私はいちご飴を買って歩きながら食べる。

「それ食ってると、マジで子どもみたいだな」

「いちご飴をバカにしたね？　いちご飴をバカにした人は、いちご飴に泣くんだよ」

「はは、なんだそれ。聞いたことねーよ」

「私が今作った」

「マジでお子ちゃまだな」

バカにされているとわかっていながらも、そんなやり取りが楽しくて頬がゆるむ。

奥へと進むと屋台がなくなり、明かりも少なくなってきた。あたりは雑木林《ぞうきばやし》のようになっていて、その奥に拝殿《はいでん》がある。

そばに〝おみくじ〟と書かれた看板とテントが張ってあるのが見えた。

そういえば、麻衣ちゃんが『好きな人と一緒に神社をお参りしておみくじを引くと、その人と結ばれるというジンクスがある』って言ってたよね。

普段なら素通りしていたと思うけれど、ジンクスを知ってしまった今は気になって仕方ない。そんなものは信じないタイプだったのに、いざとなるとすがりたくなっちゃうもんなんだ。

心境の変化に自分自身が驚いた。

「み、水野君。お参りしておみくじ引かない？」

「え？」

食べ物にしか興味を示していなかった水野君は怪訝そうに眉をひそめた。

そりゃそうだよね、なんでお参りしておみくじなのって思うよね。

ジンクスのことなんてきっと知らないだろうけど、もし知ってたらどうしよう。好きだって言ってるようなもんだもんね。

「あ、えっと。お祭りの日にお参りしておみくじを引くと、運気が上がるとかなんとか聞いたような……」

曖昧《あいまい》にごまかしてみる。こんなんで引く気になるとは思えないけれど……。

「運気が上がるって、マジ？　じゃあ、やってみるか」

って、引くんかーい‼

自分から誘っておいて、心の中で思わずつっこんだ。水野君って意外とノリがいいというか、占いとか信じやすいタイプ？

早速参拝《さんぱい》の列に並んで順番を待った。よく見ると浴衣姿の若いカップルばかりで、きっとみんなジンクスを信じて好きな人を誘ったんだろう。

ジンクスにすがりたくなる女の子の気持ちが、痛いほどによくわかる。

「カップルばっかだな。そんなに運気が上がるのかよ、ここの神社は」

「あ、はは。だね！　みんな、期待してるんじゃない？」

「どんだけ神まかせなんだよ」

水野君は一ミリも疑うことなく私の言葉を信じている様子。罪悪感《ざいあくかん》がないと言えばウソになるけど、ジンクスのことなんて言えるはずがない。

列が前に進み、とうとう私たちの番がやってきた。財布から五円玉を出して賽銭箱《さいせんばこ》に投げ入れ、鈴を鳴らす。

パンパンと手を合わせて目を閉じ、思いを込める。

水野君と私は、この先どうなりますか？

この恋の行方《ゆくえ》を教えてください。

ただ参拝するという行為《こうい》が、好きな人が隣にいるだけで特別なことのように感じる。

水野君もお賽銭を入れて鈴を鳴らし、真面目に手を合わせてなにやら真剣な表情。

なにをお願いしてるのかな。水野君のことだから、瑠夏ちゃんのことだろうか。

気になりつつおみくじを引き、紙を開いてみる。

『凶《きょう》』

きょ、きょうって……。

ついてなさすぎるんですけど！

総合運……きたる未来、波乱万丈《はらんばんじょう》の幕開け
勉強運……努力を怠るべからず
健康運……良しとは言い難《がた》し
恋愛運……想い人の心は遠くにあるであろう
内容を見てさらにショックを受ける。なんだかすべてにおいて、この先の人生絶望《ぜつぼう》的なんだけど。

これは、うまくいかないからやめておけっていう神様の思し召《おぼめ》し？

ショックを受けるかたわらで「お、大吉だし」という水野君の浮かれた声がする。

「私、凶だった……ついてないや」

「運気が上がるんじゃねーのかよ」

「上がって凶だったのかもね……はは」

ショックを隠せず、ヤケになりながら力なく笑う。

せっかくお参りしておみくじを一緒に引けたのに、「凶」という結果にすべてを台なしにされた気分だ。ジンクスの効果も半減どころか、ゼロに近いんじゃないかな。

「書いてある通りうまくいかなくても、夏目ならちゃんと乗り越えられるだろ」

「そんなことないよ。私、ガラスのハートの持ち主だから」

「強化ガラスのハートの間違いだろ。なにがあっても、図太《ずぶと》い神経とそのしつこさがあれば大丈夫なんじゃねーの？」

「ひどい。ディスられてる気しかしないんだけど。水野君ってほんっとに失礼だよね」

憂《ゆう》うつな気持ちでおみくじを細くたたんで近くの木にくくりつける。少しでも縁起《えんぎ》がいいように、背伸びしながら高い位置へ結んだ。

同じく、水野君も私の隣に並んでおみくじを結んでいる。

背伸びしなくても、軽々と高い位置に結んでいるのを見てドキドキしてしまった。

やっぱり男の子なんだなぁ、なんて。

「マジで夏目は強いよな。お前見てたら、元気が出る」

「えー……強くなんかないよ」

これは喜んでもいいことなのかな。

でも、なんだか素直に喜べないんだけど……。

元気が出ると言っておきながら、水野君の表情はなんだか寂しげに見える。

「なにを言ってもへこたれないところは、わりと本気で尊敬《そんけい》してる」

「へこたれてないように見えるかもしれないけど、実際はへこんでるからね。ガラスだから、大切に扱ってよ」

ムッと唇をとがらせる。

「けど俺、夏目に助けられたところもあるから。それは、サンキューな」

今度はちょっと真剣な表情で私を見下ろす水野君。照れくさいのか、人差し指で頬をポリポリかいている。

「いつ？　どこで？」

そんなことをしたつもりは一切ないんだけどな。

「お前と話してると、嫌なことが全部忘れられるっていうか。思い出すこともあるけど、なんか前ほど苦しくなくなった」

「ほんと？　こんな私でも役に立ってる？」

なんだか、すごくうれしいなぁ。

「でも、ガラスだからね。取り扱い注意だよ。もっと優しく扱ってね。水野君、言葉が乱暴《らんぼう》だから」

「撤回。やっぱバカだな。夏目といると疲れる」

そう言いながらも、水野君は優しく笑っていた。

今日は水野君のことをたくさん知ることができた。

こんなふうに自分の気持ちを話してくれるのは、やっぱりすごくうれしい。

私には心を開いてくれていると思ってもいいのかな。なんだかうぬぼれすぎているような気もするけど、今日一日で距離がグッと近づいたような気がする。

「ま、これからも仲よくしてよ。私と話すことで水野君が元気になれるなら協力するからさっ」

勝手に友達になったつもりで水野君の肩をパシッと叩く。すると、なぜか今度はじとっと見られた。

「そういう暑苦しいとこ、やっぱ似てるわ」

そう言って笑った水野君は、とても……。そう、とても悲しげな顔をしていた。

ズキンと胸が痛む。そんな顔、しないでよ。

「それって、蒼君っていう人のこと……？」

水野君は私から目をそらして黙り込んだ。重苦しい沈黙が、肯定《こうてい》であることを告げている。

「さっき、瑠夏ちゃんからチラッと蒼君のことを聞いたんだ。水野君と仲がよかったんだってね。それで、しつこいところが私に似てるって？」

水野君の親友であり、瑠夏ちゃんの好きな人でもある蒼君が、なんらかの形で水野君を苦しめていることが伝わってきた。

触れてはいけない、開けてはいけないパンドラの箱。水野君を見ていたら、蒼君はそんな存在なんだと思い知らされる。

いったい、なにがあったんだろう。

とても真剣な表情。ゴクリと唾《つば》を飲んだのがわかった。

「俺さ……」

水野君が口を開きかけた時だった。前からおみくじを引き終えた人がやってきて、私たちのすぐそばに立った。

「桃？」

そう呼びかけられて顔を上げると、薄暗い中でこっちを見つめる人物が。その人はおみくじを木にくくりつけようと、腕を上にあげたところだった。

「蓮？　なんでここに？」

いや、聞かなくてもわかる。お祭りに来てたんだよね。クラスの人と行くって言ってたし。

でも、なんでこんな所で出会っちゃうわけ？

偶然にもほどがあるでしょ！

蓮はタイトな黒のパンツに淡いブルーの半袖《はんそで》シャツという綺麗な格好をしている。

今日も眼鏡ではなく、コンタクト姿だった。

「なんでって、おみくじ引きにきたんだけど。で、木に結ぼうかと」

蓮はごもっともなことを返してきた。そして私の隣にいる水野君に目を向ける。

うわー、よりによって水野君と一緒のところを見られるなんて。

私の好きな人が蓮にバレるなんて恥ずかしすぎる。

蓮は水野君に向かって「どうも」と軽く会釈をする。だけど水野君は無反応。笑顔の蓮に対して、水野君は無表情。そして言葉もない。

「いつも桃がお世話になってます」

だけど蓮は、そんな水野君にさえも相変わらずの猫かぶりスタイルを見せる。

「いやいや、なってないから。逆に私がお世話をしてます」

蓮がそんなことを言うもんだから、思わず言い返してしまった。

「お世話をしてますって……」

蓮が苦笑する。蓮の友達がふたり、おみくじを引き終えてあとからやってきた。

私たちに気づくと、気を遣ってなのか「先に行ってるぞ」と言い残し、私たちに軽く会釈をして行ってしまった。

「いいの？ 友達」

「ん？ ああ、もう帰るとこだったから」

「ならいいんだけど」

すべてを知っている蓮に水野君のことを知られるのは、なんだかとても気まずい。

水野君は猫かぶりモードの蓮に対して、だんまりを決め込んでいる。

『俺さ……』

その言葉の続きがとても気になる。妙にかしこまった声だったから、よけいに。なにか重要なことを言いたそうな雰囲気だった。

今はそんな空気はカケラもなくて、まるで教室にいるいつもの水野君みたい。

「ふたりで一緒におみくじ引いたんだ？」

思わず水野君の横顔に見入っていた私は、蓮に問われてハッとする。

「う、うん、そうだけど」

おみくじのジンクスのこと、蓮も知ってるのかな？

「ウソかホントかわかんないようなジンクスがあるよな、ここ」

ドキッ。

やっぱり知ってるんだ。水野君に話したりしないよね？　頼むから、よけいなことは言わないで。

そんな意味を込めて、蓮の目をじっと見つめる。すると、すぐにプイとそらされてしまった。

「へ、へぇ、ジンクスなんてあるの？　知らないなぁ」

なんてとぼけたふりをしてみせる。だけど蓮にはきっとバレバレなんだと思う。

「女子はみんな知ってると思ったけど？　好きなやつと一緒に参拝しておみくじを引くと、その相手と結ばれるって」

「な、なに、言ってくれちゃったりしてんの……！　そんなわけないでしょ」

ジンクスのことをあっさり暴露《ばくろ》した蓮に、私はしどろもどろになりながら返す。

いつもなら空気を読んでくれる蓮だけど、なんだか今日は意地悪だ。

「だから、好きな男子を誘って祭りに行くんだって、俺のクラスの女子は盛り上がってたけどな」

「う、うちのクラスでは、そんなジンクスなんて聞いたこともないよ！　ね、水野君！」

私は水野君に同意を求めた。

蓮のバカ。

お願いだから、これ以上はなにも言わないでー！

「興味ねーな、ジンクスなんて」

水野君は淡々とそう言いはなち、フンと鼻で笑う。

「興味がないのは、水野だけかもな。桃はどうだか」

「ちょっと、蓮！ こっち来て！」

耐えきれなくなり、蓮の腕をつかんで引っぱった。水野君から少し離れた場所で、蓮に詰め寄る。

「なんでそんなこと言うの？」

「そんなことって？」

「ジンクスのことだよ！ 私の気持ちを知ってて、どうして水野君に変なことを言おうとするの？」

蓮の腕をギュッと握って、まっすぐに顔を見上げる。明らかに不機嫌さを表す私に、蓮は悪びれる様子もなく真顔で私を見下ろしていた。

蓮の腕に力が入っているのがわかる。だけど蓮は、私の手を振り払おうとはしなかった。

「べつに変なことじゃないだろ。本当のことだし」

「そうだとしても、蓮の口から言うのはおかしいでしょ。それに、私は知られたくないの」

この気持ちは、今はまだ私の中だけにとどめておきたいものだから。それにね、水野君を好きなことに、まだとまどってる私がいるんだよ。

「今日の蓮はなんだかいつもと違うよ。いつもなら、こんなこと言わないじゃん。私の気持ちを察してくれるよね。それなのに、今日は意地悪だよ」

いったい、どうしちゃったの？

「俺だって……言いたくて言ったわけじゃねーし」

蓮は急にシュンとなった。まるで怒られたあとの子どもみたいに、伏し目がちにうつむく。

蓮……？

「桃が悪いんだろ。あんな顔で、あいつを見てるから」

「えっ？」

あんな顔……？

あいつを見てるから？

「それに、今日だって……いつもよりオシャレだし。なに気合い入れてんだよ」

「えっ……？」

蓮の言いたいことがよくわからない。

思わずぽかんとしていると、蓮の手が私の手を振り払った。そして、頭に伸びてきた。

「バーカ」

そう言いながら私の頭をくしゃくしゃになでまわす蓮は、どこかふてくされたように唇をとがらせている。

「マジで桃はバカだよな。呆れるくらい」

「ひどっ」

「どっちがだよ。俺がどれだけ大事にしてるかも知らないで」

「さっきから、わけのわからないことばっかり言ってるよね。なにが言いたいの？　よくわからないよ」

「今の桃には、わからなくていいんだよ」

蓮はそう言うと、今度は私の肩に手を回してヘッドロックをしかけてきた。

「く、苦しいっ」

そうは言うものの、その腕には全然力が入っていなくて、手加減をしてくれていることがわかる。こんなじゃれ合いは私たちの間では普通のことだけど、ほかの人が見たら仲よしのカップルに見えるのかな。

水野君にも勘違いされちゃうかもしれない。

それはやだ。

「もう、ほんとやめてー。蓮ってば、子どもなんだから」

蓮の腕から逃れてうしろを振り返る。すると、そこに水野君の姿は見えなかった。

目を凝らしてあたりをキョロキョロしたけど、どこにも見当たらない。

「帰ったんじゃねーの？」

「え、でも……」

さっきまでそこにいたから、どこかに行ってるだけなのかもしれない。

とりあえずさっきまでいた場所に戻ったけど水野君はどこにもいなくて、どうしようかと頭を悩ませていると。

「連絡してみれば？」

「あ、そうだね！」

蓮に言われてスマホを取り出して画面を開いた。

「あ……」

メッセージが来てる。しかも差出人は水野君。

『そいつがいれば俺は用なしだよな。先に帰るけど、夏目も気をつけて帰れよ。それと、今日は楽しかった』

もう帰っちゃったってこと……？

落胆半分、うれしさ半分。私といて楽しかったって言われたのは初めてかもしれない。

いや、私じゃなくて瑠夏ちゃんがいたからなのかもしれないけど、それでもすごくうれしい。

最後にお礼くらい言いたかったな。欲を言えば、もっと一緒にいたかった。水野君の話を聞きたかった。水野君と一緒に帰りたかった。

そしたら、もっともっと距離が近くなったかもしれないのに。

なんて、そんな欲ばりなことを思ってしまうのは、恋をしているせいなのかな。

私の中が水野君一色で満たされていくみたい。

「なんだって？」

「あ、先に帰るって」

「で、なんで桃はにやけてるんだよ？」

「え？ に、にやけてないよ」

「そんなに好きなんだ？」

やっぱり、今日の蓮は意地悪だと思う。そんなこと聞かないでよ。蓮に言うのは照れくさいんだって。

蓮はなぜか真剣な瞳で私を見つめている。

「好きなんだ？」

「う、ん」

言わざるを得ない雰囲気になり、気まずいながらも返事をする。恥ずかしすぎて、妙にドキドキしてしまい、顔もまっ赤だ。どうして蓮にここまでバカ正直に言っちゃってるんだろ。からかわれるのは目に見えてるのに。それにさっきみたいに水野君にバラされそうになったら嫌だな。

ほかの人にしゃべったりしないよね？

「だ、誰にも言わないでね。もちろん、水野君にもだよ」

「言うわけないだろ。俺、あいつ嫌いだし。なんでわざわざそんなこと言わなきゃいけねーんだよ」

出た、出ました。ブラック蓮。

「いやいや……さっき言おうとしてましたよね？」

しかも、なんでそこで不機嫌になるの？

嫌いだしって、きっぱり言い切るのは蓮らしいけど。

「うだうだ言ってねーで、ほら、俺らも帰るぞ」

蓮は私の手を取ってグイグイ引っぱる。

「ちょ、子どもじゃないんだから」

蓮の手を振り払おうとしたけど、さらに力強く握り返された。

「桃はすぐ迷子《まいご》になるから、心配なんだよ」

「大丈夫だってば」

いくら言っても離してくれなくて、とうとう最後には私が折れた。

お祭り会場にはまだたくさんの人がいて、駅へ向かう人の流れの中を静かに歩いた。

波乱の予感

新学期初日、夏休み中に昼夜逆転傾向《けいこう》になりがちだったせいで朝起きるのがツラく、あやうく寝坊《ねぼう》しかけた。朝ご飯を数分で胃におさめ、歯を磨《みが》いて身支度《みじたく》を整えると勢いよく玄関を飛び出す。

そこにはめずらしく蓮の姿があり、私に気づいた蓮と視線が重なる。

「おはよ、待ってるなんてめずらしいね」

「はよ。たまには一緒に行こうと思って。けど、相変わらずだな」

呆れたような表情を浮かべて、やれやれといった様子の蓮。私は「あはは」と愛想笑いをすることしかできない。

いい加減、このギリギリ癖を直さなきゃ。前もって計画を立てて行動するようにしないとね。そう思っても、実際行動に移すのは難しい。

久しぶりに蓮と並んで登校すると、電車の中でも、学校の最寄り駅に着いて歩いている時も、周囲からの視線をひしひしと感じた。

「え、彼女?」

「いや、ありえないっしょ」

「ショックなんだけど！」

女子たちからの声が聞こえて、思わず身を縮こめながら歩いた。蓮といると、どこにいても注目を浴《あ》びてしまう。

学校の前まで来ると、ひときわたくさんの生徒からの視線を感じた。

嫌だな、この視線。なんだか慣れないよ。

そんななか、ツインテールのかわいらしいうしろ姿を見かけて思わず大きな声で叫んだ。

「麻衣ちゃん！」

友達と歩いていた麻衣ちゃんの肩が、一瞬だけピクッと反応したような気がした。けれど、その背中がこちらを振り返ることはなく、遠ざかっていく。

あれ？　聞こえなかったのかな？

周囲はざわざわして、たくさんの人たちでにぎわっている。うん、きっと聞こえなかったんだ。

そう深くは考えず、校門をくぐって上靴に履き替え、蓮と別れて教室へ向かう。

教室の中は騒がしくて、半数以上のクラスメイトが集まっていた。まっ先に目がいくのは、私の隣の水野君の席。

水野君はすでに来ていて、以前と変わらずイヤホンをして机に突っ伏して寝ている。

夏休み中、何度も連絡しようと思ったけど、迷惑かもしれないと思うとできなくて。どうしているのかとか、毎日なにをして過ごしているのか、とても気になっていた。

水野君のことを考えていると、会えないことが寂しくて、会いたくて、早く夏休みが終わればいいのにって何度も思った。

そんなことを思う日が来ることなんてないと思っていたのに、恋をすると変わるんだね。

誰かに会いたくてたまらなくなるなんて、こんな気持ち知らなかった。

ゆっくり歩いて自分の席へと向かう。前の席の皐月はまだ来ていないようだ。

次第にドキドキと大きく鳴りはじめる鼓動。松野神社のお祭り以来だから、なんとなく緊張する。

極力《きょくりょく》音を立てずに椅子を引いて、カバンを机の上に置く。すると気配を感じ取ったのか、水野君がムクッと起き上がった。

「あ、お、おはよう！」

寝ぼけ眼《まなこ》の水野君に、テンパる私。前までなら普通にできたのに、今はそれができない。妙に照れるというか、どう接すればいいいんだろう。

どんな顔をすればいいいんだろう。

私、前までどんなふうにしてたっけ？

「きょ、今日も暑いね！　夏休みはあっという間だったなぁ。水野君はなにしてたの？　わ、私はね、中学の友達と買い物に行ったり、蓮と一緒に宿題やったり……あ、家族旅行にも行ったよ！」

って、聞かれてもいないことをペラペラと、なにを言ってるんだ、私は。水野君が真顔で見つめてくるから、なにか話さなきゃいけないと思ってしまった。

そうじゃないと、いつもみたいにスルーされると思ったから。

「相変わらず朝からマシンガンだな」

小さくふき出しながら、反応してくれる水野君。そこに、前までの冷たさはない。

「少しは静かにできないのかよ」

机に頬づえをつきながら、流し目で見てくる水野君にドキドキする。

「い、いつもうるさいわけじゃないもん」

「俺が知る限りではうるさいけどな」

うっ、そんなにはっきり言わなくても。

「あ、お祭りの時はごめんね。あの時……蓮と出会う前、なにか言おうとしてたよね？　蓮が来たから言えなかったんじゃない？」

とても思いつめた顔をしていたから、ずっと気になっていたんだ。

「気のせいだろ」

「え、でも」

そんなはずはないと思うんだけど。水野君の表情が、一瞬だけこわばったような気がする。

触れないほうがよかったのかな。

これ以上は話しかけるなオーラを出してきたから、それ以上はなにも聞けなかった。

しばらくして皐月がやってくると、水野君は私から顔を背けて机に突っ伏した。

私もそのまま前に向き直り、やってきたばかりの皐月に声をかける。

「おはよう」

「あ、おはよう」

「久しぶりだね。夏休みの間、どうしてた？　私はね……」

「ごめーん！　私、ほかのクラスの友達に呼ばれてて！　ちょっと行ってくるね」

皐月は私の話をさえぎって申し訳なさそうにそう言うと、そそくさとカバンだけを置いて教室から出ていってしまった。

目すら合わなかったけど、なにか急ぎの用事だったのかな？

いつもの皐月らしくない態度に疑問を感じつつも、次々とやってくるクラスメイトに声をかけられて、疑問はいつの間にか消えていた。

久しぶりの学校ということもあり、ワイワイガヤガヤといつにも増してうるさい。

近くの席に座っていた子と話していたら、予鈴《よれい》が鳴ってみんなが席に着き、皐月も戻ってきた。

いつもなら先生が来るまで皐月としゃべっているけど、皐月は前を向いたままこっちを振り返る気配がない。

なにやらスマホをいじって、誰かとやり取りしているようだった。

「皐月っ――」

そう言いかけたところで先生がやってきたので、伸ばしかけた手をそのまま引っ込める。私の声は届かなかったのか、皐月が振り返ることはなかった。

距離が近いし、声もわりと大きかったから聞こえたと思ったのにな。

なんだかおかしいなと感じつつも、ホームルームがはじまった。

それから整列して体育館へ移動すると、始業式がはじまって、本格的な二学期の幕開けとなった。

数日経っても休み気分がなかなか抜けなくて、学校生活に慣れるまでは身体がとてもツラかった。

「皐月、次は移動教室だよ。早く行こう」

「ごめん、寄るとこがあるから先に行ってくれる?」

「え? じゃあ、私も一緒に行くよ」

「ううん、大丈夫だから」

きっぱり断られてしまった。最近、なんとなくだけれど皐月の様子がおかしい。避けられているというか、私に対してすごくよそよそしい。話しかけてもそっけない返事しかしてくれないし、なによりも皐月から声をかけてくることがなくなった。

「なにかあるなら言ってね?」

考えてもわからないから、直接聞いてみた。

「え、なにが?」

「えっと……最近、皐月の様子がおかしいから、私、なにか怒らせるようなことをしちゃったのかなって」

口ごもる私。皐月は真顔で私を見つめている。皐月のまっすぐな瞳を見ていると、なんだか責められているような気になってドキリとする。

「べつに、なにもないよ?」

そうは言うものの、皐月の目は笑っていない。言葉のはしばしから、なにかあるってバレバレだ。

背中に変な汗が伝うような感覚がした。

前までならなんでも話してくれたのに、どうして話してくれないの？

思わず黙り込み、視線を下げる。皐月はそんな私に、小さくため息をついた。

ズキリと痛む胸。やっぱり、なにかがおかしい。

「じゃあ、もう行くね。先に視聴覚室《しちょうかく》に行ってていいから──！」

「え、あ……待って」

まだ聞きたいことの答えが聞けていないのに。

けれど、皐月は私の声を無視して教室から出ていってしまった。

思いっきり突き放されたような気がするのは、気のせいかな。

思い当たる理由なんて全然ない。考えてみれば、夏休み明けから皐月の様子がおかしいような……。

皐月と夏休み中に遊ぼうって言ってたのに、結局遊べなかったから、ほぼまるまる一ヵ間皐月の近況を知らないことになる。

無意識になにかをしてしまったんだとしても、会ってもいないのに、それはないよね。

でも、明らかに私がなにかをしてしまったというのは、間違いないと思う。

いつ？　どこで？

夏休み、皐月に連絡しても返事がなかったのは、私がなにかしてしまったから？

でも、思い当たることはない。

トボトボとひとりで廊下を歩きながらそんなことを考えていると、向かい側から麻衣ちゃんが友達数人と歩いてきた。

麻衣ちゃんは女子たちの中でもひときわ目立っていて、夏休み明けからますますおしゃれに磨きがかかってかわいくなっている。

スタイルもよくて華奢で、まるで本物のモデルのようなオーラがある。

「それでさー、思いきってさっきメッセージしたの！」

「えー、すごいじゃん！　返事が来るといいね」

「っていうか、相手はいくつだっけ？」

ワイワイ楽しそうに盛り上がる麻衣ちゃんたち。その中でも、やっぱり麻衣ちゃんは聞き役で、うんうんとうなずいているだけ。

すれ違う瞬間、私は麻衣ちゃんに向かって手を上げた。

「麻衣ちゃん」

私が小さく声をかけると、麻衣ちゃんは一瞬だけ視線をこっちに向けた。

だけど、何事もなかったようにそのままスッと視線をそらし立ち止まることなくすれ違う。

あ、あれ？

無視……された？

気づかなかったのかな？

いやいや、思いっきり目が合ったよね？

この状況で聞こえなかったっていうのは、ちょっと考えにくい。

「マジありえなーい！　話しかけてこないでって感じー！」

背後からそんな言葉が聞こえて、足が止まる。

「だよねだよね！　うざー！」

廊下はワイワイガヤガヤしているのに、その声はやけに耳に響いた。

麻衣ちゃんの声ではないし、もしかすると私に言ったんじゃないかもしれない。でもなんだか背後からチクチク視線を感じるような……。

いやいや、気のせいだよね。

やけに自分のことのように思えてしまって、背筋が冷えていくような、私の中でなにかがガラガラと音を立てて壊れていくような気がする。

私のことじゃ、ないよね？

そういえば最近、麻衣ちゃんたちは私の教室にまったく来なくなった。

「よく平気で話しかけてこられるよね。ほんと無神経すぎるよ」

――ズキッ。

胸が痛んだのは、それが麻衣ちゃんの声だったから。

「言えてるー！　図太いっていうか、人の気持ち考えてないよね！」

「最低なんだけど」

心臓がバクバクして、うしろを振り返ることができない。ひしひしと背中に突き刺さる視線から、明らかに私のことを言っているのがわかったからだ。

なんとか足を動かして前へと進む。視聴覚室へ移動しなきゃいけないのに、フラフラと足取りがおぼつかなくて、立っているのがやっと。

どう、しよう。

私、なにかしたの？　あの口ぶりだと、そんな感じだよね。

でも身に覚えがない。無意識に嫌なことをしちゃったのかな……。

もしかしたら、皐月の態度がおかしいのも麻衣ちゃんのことに関係があるの？

今まで仲がよかったのに、急にこんなことになるなんて思ってもみなかった。

私たちは友達じゃなかったの？

どうしてなにも言ってくれないんだろう。

視聴覚室は自由席で、私は誰も座っていない窓際《まどぎわ》に陣取《じんど》った。四人がけの机と椅子。

隣の席を皐月用にキープして座る。授業がはじまる直前にやってきた皐月は、ドアに近い空いていた席に荷物を置いて座った。いつもなら私の姿を探してくれるのに、今日はそんなそぶりもなく、同じ席に座っている子たちと楽しそうに笑っている。

明らかに避けられているのがわかって胸が苦しい。

ねぇ、なんで?

自分がなにをしてしまったのかもわからないし、どうすればいいのかもわからない。

でも、このままでいいわけがない。


その日の放課後、意を決して、帰ろうとしていた皐月の背中に声をかけた。

「さ、皐月!」

ちゃんと話そう。理由を聞こう。今度こそ、ちゃんと。じゃなきゃ、謝るにも謝れない。それに、気になって仕方ないから。

彼女は私の声なんて聞こえていないかのように、スタスタと歩いて教室から出ようとする。

「待って、皐月。話があるの」

理由を言ってくれるまでは、いくらスルーされてもしつこく聞く。そう覚悟して皐月の前に立ち、顔を見上げる。

皐月と目が合い、その冷たさを含んだ視線にひるみそうになったけれど、負けちゃいけないと気合いを入れた。

「私に悪いところがあったなら、ちゃんと言ってくれないかな？」

「え？　なんのこと？」

キョトンとしながら皐月は目を瞬かせる。

「あ、明らかに私のこと避けてるよね？　なんだか様子がおかしいもん。麻衣ちゃんにも、スルーされちゃったし……」

言ってて胸が苦しくなった。仲がいいと思っていたのは、私だけだったのかな。

「なにかしちゃったんなら謝りたい。もう一度、皐月と仲よくしたいよ……」

思わず本音がもれていた。

皐月はしばらく黙り込んだあと、気まずそうに私から目をそらす。

「ちょっと今、桃のこと信じられないっていうか……こんな気持ちのまま一緒にいたくないんだよね」

しばしの沈黙のあと発せられた言葉に、なにかがグサッと胸に突き刺さった。さげすむような視線に、胸の奥にヒヤリと冷たい空気が流れ込む。

「信じられないって……どうして？」

私が皐月の信用を失うようなことをしちゃったの？

もちろん、身に覚えはない。あったらとっくに謝ってる。

「そんなこと自分で考えなよ。とにかく、今は桃といたくないから、ほっといてくれる？」

「自分で考えてもわからないから……だから」

聞いてるのに。

どうして教えてくれないの？

「桃の、そういうなんでもかんでも聞いてくるところ、正直、面倒なんだよね。言いたくないことってあるし、言えないことだってあるんだよ」

「で、でも、私は皐月と仲よくしたいから……」

大好きだから、聞いてるのに。

それが面倒なの？

「空気を読んで察してよ。今は無理だって言ってるの。じゃあ、約束があるから」

プイと顔をそらされ、スタスタと歩いて行く皐月。

ここまではっきり言われて、追いかけることは今の私にはできなかった。

Lovers * 4

うまくいかなくて

それから一週間。

あれ以来、皐月はあからさまに私を避けるようになって目も合わせてくれなくなった。クラスでは私以外の子といるようになったし、お昼休みもそそくさと教室を出ていき、どうやらほかのクラスの子たちと過ごしているようだった。

嫌われているんだと思うと、悲しくて寂しくて涙が出てくる。

『正直、面倒』

『一緒にいたくない』

皐月に言われた言葉が頭にこびりついて離れない。

幼稚園、小学校、中学校と、誰とでも仲よくなれるのが私の特技で、なんの問題もなくやってきた。

こんなことは初めてで、とまどうことしかできない。

どうしてこんなことになっちゃったのかな。

理由が気になるけど、またなにか言われたらと思うと怖くて聞けない。もう、私から皐月に声をかける勇気なんてない。

これ以上傷つきたくない。

「はぁ」

帰り道、ひとりトボトボと駅までの道を歩いた。駅の改札を通った所で、柱に寄りかかりながら立っている水野君の姿を見つけた。

だけどなんとなく話しかける気になれなくて、水野君も私にしつこく話しかけられてうっとおしいと思ってるのかなとか考えたらよけいに気分が沈んだ。

一方的に仲よくなりたいのは私のほうで、水野君は迷惑してるよね……。私なんかと仲よくなりたくないはずだ。

なんて、今はもう何事も悪い方向にしか考えられない。

水野君は私に気づいていなかったので、そのまま通り過ぎてホームへ上がった。

数メートル先に麻衣ちゃんの姿が見えて、胸がドクンと鳴った。その隣には皐月がいて、ふたりはなにやら楽しそうに会話している。

遊びにでも行くのだろうか、いつもは反対側のホームのはずなのに、同じホームにいるなんて。

麻衣ちゃんたちにバレないように。ひっそりとふたりから離れた車両の列に並ぶ。

逃げるようなマネをしている自分が情けないけど、彼女たちだって私に会いたくないよね。会ってもスルーされるだろうし、ヒソヒソなにかを言われるのも嫌だ。

でも、このままじゃいけないことはわかってる。

電車に乗ってうつむきながら立っていると、背後に人の気配がした。見覚えのあるグレーのスカート。

「やっほ、桃ちゃん」

「え？」

突然話しかけられてビックリした。振り返るとそこには笑顔の瑠夏ちゃんがいて、私に向かって小さく手を振っている。

「瑠夏ちゃん」

「久しぶりだね！　元気だった？」

「あ、うん。ほんと、久しぶり」

お祭りの日以来だから、もうずいぶん会ってない。っていっても、私たちはふたりで会うような間柄じゃないんだけどね。

「私、いつもこの車両なんだけど桃ちゃんは？」

「私はもっと前のほうだよ。今日はたまたまここに乗ったの。あ、さっき水野君が駅にいたよ？　一緒に帰らないの？」

「そんなに毎日一緒っていうわけじゃないから、大丈夫だよ。それに、今日はひとりでいたい気分なんだよね」

そう言って優しく微笑む瑠夏ちゃん。

ひとりでいたいの？

「じゃあ、私に話しかけちゃダメじゃん」

「あ、いいのいいの！　桃ちゃんは特別だから」

「特別？」

いまいちよくわからなくて首をかしげる。

「春ちゃんが心を許した女の子だから、私にとっても特別なんだよ」

「な、なに言ってんの。水野君が私に心を許すわけがないよ」

もしかしたら嫌われているのかもしれないんだから。

ダメだ、今はどうやってもネガティブな方向にしか考えられないよ。

「小さい頃から知ってる私が言うんだから、間違いないって」

「でも」

「ほんとだよ。私の言葉を信じなさい」

瑠夏ちゃんはそう言うけれど、私にはそうは思えない。でももうこれ以上のやり取りも疲れるので、私はなにも言い返さなかった。

瑠夏ちゃんのことは嫌いじゃないし、仲よくしたいとも思っている。でも、なんでだろう。

心のどこかで、なにかが引っかかっている。瑠夏ちゃんといると、どうしても水野君のことがチラついて黒いモヤモヤが胸に広がる。

「桃ちゃん、これから時間ある？」

「え？」

「付き合ってほしい所があるんだ」

付き合ってほしい所？

「そんなに遠くないんだけど、都合どうかな？」

瑠夏ちゃんは笑っているけど、なぜかとても寂しげな表情を浮かべている。

「どうして私？」

だって私と瑠夏ちゃんはまだそんなに親しくもないわけで、友達と呼べるかどうかもあやふやなのに。

「春ちゃんのことを抜きにしても、桃ちゃんと仲よくしたいって思うからだよ」

私は……私は。

瑠夏ちゃんに対して、モヤモヤしている。ドロドロした気持ちが胸に渦巻《うず》いて、瑠夏ちゃんといるとみじめな気持ちにさせられる。

「ごめんね、今日は用事があるの」

だからウソをついた。

「そっか、急だもんね。こちらこそごめんね、いきなり。じゃあまた誘うね。あ、春ちゃんとも仲よくしてあげてね？　ほんと、悪い人じゃないからさ！　それに、困った時は力になってくれると思う」

瑠夏ちゃんに言われなくてもわかってるよ。水野君は本当はとても優しくて、誰よりも人のことを想ってるって。

瑠夏ちゃんに悪気がないことはわかっているけど、水野君のことを一番知ってるのは私だと言われているようでイライラする。

「それと、また三人でどこかにお出かけしようね。あ、桃ちゃんは春ちゃんとふたりのほうがいいかな？」

なんて言いながら、瑠夏ちゃんはからかうようにニヒッと笑った。

無邪気な笑顔がかわいい。きっと水野君もこの笑顔に弱いんだろうな。

水野君が惚れるのもよくわかる。

いいな、瑠夏ちゃんは。

傷ついた時にはいつも水野君がそばにいてくれるんだよね。

困った時は助けてくれるし、どんな時も駆けつけてくれる存在。

残念ながら、それは瑠夏ちゃんに対してだけだよ。その中に私は含まれてないの。

モヤモヤする私をよそに、琉夏ちゃんは話を続ける。

「あ、ねぇねぇ。あの時聞きそびれちゃったけど、春ちゃんのことどう思ってる？」

「ど、どうって……」

なんでそんなこと聞くの？

水野君が大切に想ってるのは瑠夏ちゃんだよ。

「少しも好きじゃない？」

だから、それを聞いてどうするの？

胸の奥底から嫌な感情がわき上がってくる。どうしてこんな気持ちになるんだろう。

私って、こんなに性格が悪かった？

幸せそうな瑠夏ちゃんを見てると、とても……イライラする。

あー、私って本当にどこまで性格が悪いの。

でも、でも……っ。

「そんなこと聞いて、楽しい？　知ってどうするの？」

自分でもビックリするぐらい低い声が口をついて出た。

「桃ちゃんに協力できるかなって。ふたりはお似合いだと思うし」

「そういうのをよけいなお節介って言うんだよ。正直、うざい」

イラッとして語尾が強まった。

「え、あ、ごめん。そんなつもりじゃ……」

瑠夏ちゃんは申し訳なさそうにしている。

その時、電車がちょうど最寄りの駅に着いた。これ以上話していたくなかったから、ちょうどよかった。

瑠夏ちゃんの顔を見ずにそのまま電車を降りる。

今まで家族以外の誰かに対して、ここまで言ったのは初めてかもしれない。

でも、瑠夏ちゃんが悪いんじゃん。人の気持ちも知らないで、のんきにそんなことを言うから。

「桃！」

改札を出た所で、うしろから蓮に声をかけられた。どうやら同じ電車に乗っていたらしい。

蓮はあっという間に私の隣に並び、横目にちらっとこっちを見て笑顔を浮かべる。

「一緒に帰ろうぜ」

「……うん」

ひとりでいたい気分だったけど、ひとりでいると心がぐちゃぐちゃになりそうで。

蓮といることで、ギリギリで平常心《へいじょうしん》を保《たも》てた。

「あ、そうだ。こないだ英語の小テストがあっただろ？　できたか？　かなり難易度高かったけど」

「あ、うん」

「マジ？　すげーじゃん」

「うん」

「俺、一問だけ間違えたんだよな。悔しいわ」

「うん」

それでも蓮の言葉に相槌を打つだけで、話がまったく頭の中に入ってこない。

いつもならふざけあったりしながら帰るのに、気分が乗らない。

モヤモヤ、ドロドロ、ズキズキ、ヒリヒリ……。今の感情を言葉で表すのはすごく難しい。

「なんだよ、らしくないな。なんかあった？」

いつでも蓮は私のちょっとした変化に気づいてくれる。

心配そうに眉をひそめて、まじまじと私の顔を覗き込んでくる。

「なんもないよ。あったとしても、蓮には言わない」

「俺らの仲だろ？　隠すほうがおかしいって」

「いろいろあるんだよ。いろいろ」

蓮に言えないことが増えていく。

だって、友達に避けられているなんて、その理由もわからないなんて言えないよ。情けなさすぎるもん。

それに、瑠夏ちゃんのことだって。

私の性格の悪さをさらけ出すようなものだもん。蓮には言えない。

「いろいろ、ね。悩める乙女《おとめ》ってやつ？」

「その言い方、古くない？　いつの時代の言葉？」

「今日はやけに突っかかってくるな。マジで大丈夫か？　切羽《せっぱ》詰まってるなら、相談に乗るけど」

わかってる。蓮は悪くない。でも、今の私は誰に対しても優しくなれない。

「だからいいって言ってるじゃん、しつこいなぁ」

「しつこくても、それほど心配してるってことだから」

「蓮には私の気持ちなんてわからないよ。心配されても迷惑でしかないから」

心の奥から次々といろんな気持ちがあふれた。こんなことを言いたいわけじゃない。でも勝手に口からこぼれていく。

「わからないから、知りたいって思っちゃいけないのかよ？」

めずらしくムキになって蓮も言い返してくる。ムッとしているのか、さっきまでの穏やかさはない。

「私は知られたくないの。話したくないの。幼なじみだからって、なんでもつっこんで聞いてこないでよ！　迷惑なの！　ウザいの！　それに、蓮には関係ないでしょ！　ほんと、そういうとこ空気読めないよね」

次から次へと言葉が出てきて止まらない。ハッとした時には遅くて、蓮はそのまま黙り込んだ。

しまった、さすがに言いすぎた。

「悪かったな。これからはつっこんで聞かねーよ。でもまさか、そこまで言われるとは思ってなかった。俺、先に行くわ」

蓮は私の返事も聞かず、歩く速度を上げて私から離れていく。

取り残され、その場にぽつんとたたずむ。

蓮の……バカ。

話したくないんだよ。知られたくないんだよ。こんな情けないこと。だってみっともないじゃん。カッコ悪いじゃん。

微妙な乙女心を察してよ。

でも、だけど……。

皐月もこんな気持ちだったのかな。

蓮にズバズバ問いつめられて、話したくないことを聞かれて、うっとおしいと思ってしまった。

皐月も同じ気持ちだった？

今になってわかった。

話したくないことだって、あるよね。

でもさ、じゃあ、どうすればよかったの？


「きゃははは」

ビクッと肩が揺れた。あれ以来、人の笑い声や視線に敏感になった。私のことを笑っているんじゃないか、にらまれているんじゃないか。

周りの人すべてが敵に見えて、教室にいても落ち着かない。

だからひとりになれる場所を探しているけど、お昼休みの校内はどこに行っても人がいる。

逃げるように校舎横の花壇《かだん》の前にしゃがみ込み、さっと周りを見渡す。

よかった、どうやら知ってる人はいないみたい。

花壇の前に座り込んで、ひとりお弁当を広げる。

はぁ。

なにやってんだろ、私。

こんな所でぼっち弁当とは……寂しすぎる。

食欲なんて全然わかない。

「このままじゃダメだって、わかってるんだけどなぁ……」

あれから一週間、蓮とは一言も口をきいていない。蓮が私を避けているのか偶然なのかはわからないけど、朝も出会わないし、帰りも一緒になることはない。

教室が遠いから、学校で会うこともない。

瑠夏ちゃんとだって、あれ以来会っていない。

ちょっと言いすぎたって……今なら思う。

でも、私は悪くない。瑠夏ちゃんが無神経なんだよ。蓮だって、しつこいんだもん。

私は……悪くない。

「なにやってんだよ、こんな所で」

花壇の前にぽつんと座っているとスッと影《かげ》が伸びてきて、目の前が覆《おお》われて暗くなった。

ドキッとしたのは、その声が誰のものなのかがわかったから。

「み、水野君……」

水野君はこんな所にいる私を変な目で見ている。そりゃそうだよ、花壇の前でお弁当を食べようとしてるなんて変わってるよね。

「なんでこんな所にいるんだよ？」

「えーっと、ここは人がいなくて穴場《あなば》なんだよ。ほ、ほら、ひまわりだって綺麗だしさ！」

水野君から視線を外し、花壇に咲いているひまわりを見つめる。愛想笑いを浮かべてみたけど、なんだかうまく笑えない。

「まぁ、ひまわりは綺麗だよな。それよりも、なんかおかしくね？」

「え？　ひまわりが？」

「いやいや、夏目がだよ」

「私？」

「明らかにいつもと違う気がする」

そう言いながら、水野君は私の顔を覗き込んでくる。太陽の光を背に受けて、キラキラと輝《かがや》く黒髪。風に吹かれた髪の毛が横に流れる。

前髪のすき間から見えたのは、まっすぐで真剣な眼差し。男らしくて、カッコよくてドキッとする。

「おかしく、ないよ。いつもと一緒」

水野君の瞳はそんな私の強がりを見透かしていそう。

「いつもしつこく絡んできた夏目がおとなしいと、調子が狂《くる》うっつーか。俺としては平和でいいけど、最近元気ねーなって思って」

私のことを心配してくれてるの？

どうしよう、それはすごくうれしい。

水野君は私の隣に座った。そして再び私の顔を覗き込む。彼なりに、私のことを心配してくれているんだろうか。

「瑠夏もなんだか元気ねーし、なにかあったってバレバレなのになんも言わねーんだよな。瑠夏のこと、なんか知ってる？」

なんだ、そういうことか。水野君は私の心配をしてたわけじゃなくて、瑠夏ちゃんのことを気にしていたんだ。

瑠夏ちゃんのことを私に聞きたかったから、ここにいるんだね。じゃなきゃ、水野君がここにいるわけがない。

いつだって水野君の中には瑠夏ちゃんしかいないのに、少しでも浮かれた自分がバカみたい。

「瑠夏ちゃんだって、水野君に話したくないことのひとつやふたつはあるんじゃないの？　それを私の口からは言えないよ」

なんていうのは言い訳で。瑠夏ちゃんに元気がないのは、この前私があんなことを言ってしまったからなのかもしれない。

私のせいだってことを水野君に知られたくなかった。卑怯《ひきょう》だよね、ずるいよね。水野君は本気で瑠夏ちゃんのことを心配しているのに、自分の身を守ることしか考えられない。

こんな自分は嫌だ……。

拳をギュッと握りしめた。

「ほんとはね……この前、電車の中で私が瑠夏ちゃんにひどいことを言っちゃったんだ。なんでもつっこんで聞いてこられることにイライラしちゃって……」

無神経なことを言ってくる瑠夏ちゃんが嫌だった。

水野君に想われている瑠夏ちゃんがうらやましかった。ただそれだけなんだ。

「八つ当たりなんだけどね……あの時は私の心に余裕がなくて」

こんな言い訳じみたことを言っても、結果的に私が瑠夏ちゃんを傷つけたことに変わりはない。でも全部私が悪いのかなっていう気持ちもどこかにある。

いや、私が悪いんだけど。でも……まぁ、たしかにあそこまで言うことなかったよね。それは反省してる。

「そういうことか。納得したわ。ただのケンカってわけか」

「え？」

意外にもあっさりしている水野君の反応にビックリした。だってもっと、深刻な感じで悩んでいるのかと思ったから。

「ケンカっていうか……私が一方的にイライラして、ひどいことを言っちゃったんだよ」

「ふーん。それで、夏目はどうしたいんだよ？」

ふーんって、めちゃくちゃ興味がなさそうな言い方。でもだからこそ、なんだかホッとしている私がいる。

私が大切な瑠夏ちゃんを傷つけたのに、水野君はスッキリしたような表情。

「どうしたいって……そんなの、わからないよ」

謝るべきなんだと思う。でもそうすることは自分の中でいまいちピンとこないというか、違う気がして。

でもそうしなきゃいけないことはわかっているんだけど、もどかしいというか。

ここ最近なんだかずっとモヤモヤしている。心に引っかかっているっていうのかな、刺さったトゲがいつまでも抜けずにチクチクして痛いっていう感じ。

「っていうか……瑠夏ちゃんにひどいことを言ったのに、怒らないんだね」

「怒る？　俺が？」

キョトンとしている水野君は、その意味がわかってなさそう。

「水野君の大切な瑠夏ちゃんを傷つけちゃったから……」

「部外者の俺が怒る権利《けんり》なんかねーよ。それに、夏目は後悔してるんだろ？」

「…………」

「もろそんな顔してる」

そう言われてなにも言い返せなかった。認めてしまうと、これから瑠夏ちゃんと向き合わなきゃいけなくなる。

まだそこまでは気持ちが向かない。今はまだ、このままでいたい。

それって、いけないことかな。

「いいんじゃねーの？」

「え？」

「今はまだこのままで。でも……」

なにも言わなくても、私の言いたいことがわかったらしい。それまで優しく微笑んでいた水野君が急に真顔になった。

眉を下げてどこか寂しげな表情。私と目が合うと、水野君は目を伏せて黙り込んだ。

しばらくしてから顔を上げて私の目を見つめ、力強く言い切った。

「いつまでもそのままでいたら、絶対に後悔する」

後悔という言葉が胸に特別な響きを持って刺さってくる。

そんなにまっすぐな目で私を見ないで。まるで責められているような気分になる。

「そんなこと、わかってるよ……」

わかってるけど、どうすることもできない。

「俺も……あるから」

「え?」

「大事なダチに……ひどいこと言って、傷つけた。それから、会ってねー。会えるわけ……ない」

そう言った水野君の声はとても弱々しくて、今にも消えてしまいそうなほどだった。

そんな彼を見てひとつだけわかったことがある。水野君は今も、苦しみの中にいるんだってこと。

「それって、私に似てるっていう蒼君のこと?」

時々話題には出ていたけれど、いつもそこまで深く話したことはなかった。聞けないような空気をはなつから、私からあえて聞かないようにしていた。

でも、今は知りたい。水野君と蒼君のこと。

「そんなこと……どうでもいいだろ」

「ど、どうでもいいって……とてもそんなふうには見えないよ」

「どうでも、いいんだよ」

よくないでしょう。

だって、傷ついたような顔をしてるよ。なにかあるって、顔に書いてある。

「夏目はしつこいぐらいがちょうどいいんだから、早く元通りのお前になれよな」

私の気持ちなんてスルーして、水野君はすっかりいつもの調子に戻っている。

「私と仲よくしたくないんじゃなかったの……？」

誰とも仲よくするつもりはないんじゃなかったの？

水野君にしつこく絡むだけの私は、迷惑でしかないでしょ？

「夏目こそ、俺のことが嫌いなんじゃなかったのかよ？　最初の頃、俺にストーカー扱いされたって怒ってたよな」

「そ、そういえば」

そんなこともあったっけ。今はもう遠い昔のことのように思える。

「仲よくなるつもりはなかったのに、しつこい夏目に影響されたのかもな。今では、それも悪くないって思える」

まさか水野君がそんなことを言うなんて思ってもいなかった。

「人の気持ちは変わるんだな」

「そうだね……」

最初は苦手だったのに、水野君のことを好きになるなんて想像もしていなかった。

「明日からは俺もここで弁当食うから」

「え？」

「俺も外で食いたい気分だから」

水野君はもしかすると、私がクラスで浮いていることを知ってそんなふうに言ってくれたのかもしれない。

一見冷たそうに見えるけど、中身はとても優しくて。少なくとも私のことを心配してくれているってことだよね。それがとてもうれしくて、でも複雑で。そんな水野君のことを、もっと知りたい。全部知りたい。

でもその前に。

蓮のこと。

皐月のこと。

瑠夏ちゃんのこと。

なにもかも、全部がこのままじゃダメだよね。

改めて強くそう思わされた。

そして一番最初に浮かんだのが、蓮の顔だった。

大切な人

その日の夜、マンションの部屋を出た所でいつ帰ってくるかわからない蓮を待ちながら空を見上げていた。

秋めいた風が吹いていて、夜はとても肌寒い。ザワザワと木の葉が擦《す》れる音がするのと、鈴虫がどこかで鳴いている声が聞こえる。

ほのかに漂うキンモクセイの香り。

もうすっかり秋だなぁ。

そんなことを思いながら、ぼんやりしていた。すると、階段を駆け上がる足音がして蓮が姿を現した。

塾帰りの蓮は制服姿のままで、今日はめずらしく眼鏡をかけている。話をしなくなってから二週間。朝も徹底的に時間をずらされていたから、顔を見るのはずいぶん久しぶり。こんなに話さなかったのは、初めてかもしれない。

隣に住んでいるっていうのに、会おうとしなきゃ会えないなんて知らなかった。今まで会えていたのは、蓮が私に合わせてくれていたからだということを思い知った。

蓮がいない私の世界は、なにか大切なピースが欠けてしまったかのように心にぽっかり穴が開いたような感覚。寂しい、っていう言葉が一番しっくりくる。

「なにしてんだよ、こんな所で」

蓮は私に気づいて足を止めた。そして、真顔でそう尋《たず》ねる。

私の顔を見るといつもなら笑ってくれる蓮が、笑ってくれない。もしかすると、もう嫌われちゃったのかな。

ひどいことを言ったもんね。胸の奥がズキンと痛んだ。でも、ここでひるんじゃいけない。

「蓮の帰りを待ってたんだよ」

蓮の目を見つめ返した。眼鏡の奥のまっすぐな瞳が、怖い。蓮がなにを考えているのかわからない。

でも、負けちゃダメ。言わなきゃ伝わらない。

「この前はごめん！」

そう言って上半身が地面と平行になるほど、深々と頭を下げた。そしてギュッと目を閉じる。

許してくれないかもしれない。でも、いいんだ。

「あの時、私……友達といろいろあって。それで、蓮に八つ当たりっていうか……気持ちがぐちゃぐちゃだったの。ほんとに悪いと思ってる」

　ごめん、ともう一度謝った。また前みたいに蓮と仲よくしたい。バカな言い合いをしたい。

「桃は悪くないから、頭上げろよ」

　蓮の声が聞こえた。恐る恐る上半身を上げると、そこにはさっきまでとは打って変わって申し訳なさそうにしている蓮がいる。

「俺がしつこく聞いたのが悪かったんだ」

「ううん、そんなことないよ！　蓮は心配してくれてたのに……私が、悪いんだよ」

　うまくいかないことにイライラして、怒りをぶつけてしまった。

「たくさんひどいこと言ったけど、あれは本心じゃないよ！　蓮のことは家族のように大事な存在だと思ってるし、話せなくなってすっごい寂しかった！」

　小さい頃から兄妹のように育ってきたから、蓮がいない環境に慣れなくて。朝家を出た時、チラチラ蓮のことを気にしてた。毎日数分間ドアの前に立ち止まって、蓮が家から出てくることを期待してた。

「もう一度、前みたいに蓮と仲よくしたい。ダメ……かな？」

　下から蓮の顔を覗き込み、勢いのあまり両手で蓮の手をつかんだ。そして許してくれることを願いながらギュッと握る。

蓮の身体がかすかに揺れた。私の行動にビックリしているのか、固まっている。それでも私は蓮の目を見つめ続けた。

しばらくするとギュッと手を握り返されて、今度は逆にその手を取られた。そして力強く引き寄せられる。目の端に映った蓮の顔が、少し赤いような気がした。

「きゃあ」

思わず小さな声がもれてしまったのは、引き寄せられたままの勢いで抱きしめられたから。おでこがちょうど蓮の胸に当たって、背中には蓮の腕が回される。

「れ、ん……？」

なんで、こんなこと。

「ダメなわけ……ないだろ。俺のほうが、もう嫌われたかもって、不安だった」

切実な蓮の声。こんなに弱りきったような蓮の声を聞くのは初めてだ。

大きな蓮の身体がかすかに震えてる。そうさせてしまったのは、まぎれもない私だ。

「嫌いになるわけ……ないじゃん」

ごめんね……。たくさん傷つけちゃったよね。どうして私は自分のことしか考えられなかったんだろう。

私よりも、私にひどいことを言われた蓮のほうが傷ついているに決まってる。それが今になってわかった。

誰かを傷つけること。こんなにも心苦しくて、後悔の気持ちでいっぱいになる。ごめんねって、心の底からたくさん言葉が出てくる。

涙がじわっとにじんだけど、私が泣くのは間違っている。だから、唇を噛みしめてグッとこらえた。

「どんな顔して桃に会えばいいかわからなくて……ずっと避けてた。話せなくなって寂しかったのは、俺も同じだから」

「蓮……っ」

こらえきれない涙が頬に流れた。ずずっと鼻をすすると、私を抱きしめる蓮の腕の力がさらに強まった。

「泣き虫」

「う、うるさいなぁ。泣いて、ないもんっ」

「うそつけ。めっちゃ鼻声だけど」

「うー、蓮の、バカ」

「それも本心じゃないんだよな？」

「うっ、うん。なんとなく言っただけ。っていうか、いい加減離してくれない？」

蓮は無言で私を抱きしめたままだった。

「蓮、聞いてる？　いくら私たちが家族で兄妹みたいだからって、ハグはないよハグは」

「家族、か……兄妹ね」

そう言ってため息をついた蓮の声は、どこか傷ついているようにも聞こえた。それと同時に蓮の身体がゆっくりと私から離れる。

熱のこもった瞳で、まっすぐに私を見つめる蓮。

なぜだかドキッとした。

「俺は……桃のことを一度もそんなふうに思ったことはないんだけどな」

「え？」

「女としてしか、見たことないから」

「お、女としてって。またまた、そんな冗談言っちゃってー！」

熱い眼差しに、ほんのり赤く染まる頬。冗談には見えなかったけど、冗談だと思いたかった。そうやってごまかす以外に、思いつかなかったんだ。

「冗談じゃねーよ。小さい頃から、ずっと桃のことが好きだった」

「え、えー。いきなりそんなこと言われても」

「人の話は最後まで聞けよ。好きだったって、過去形にするつもりだから。今日はそのけじめをつけたかったっていうか、自分の気持ちを隠し続けるのも限界だし、言ってスッキリしたかったんだ」

蓮は晴れ晴れとした表情を浮かべている。だけど、その瞳だけはとても寂しげに揺れていた。

「じゃあな、明日からはまた部屋の前で待ってるから。寝坊するなよ！　おやすみ」

蓮は逃げるようにそそくさと家の中に入っていった。

あれだけひどいことを言ったのに、私のことを好きだと言ってくれた蓮。

正直、すごくビックリした。今もまだ、心臓がドキドキしている。誰かに告白されたことも初めてだし、ましてや兄妹だと思っていた蓮が……。

今でもまだ信じられない気持ちでいっぱいだ。顔が熱いのは、蓮のことが好きだからとかじゃないけれど、告白されてすごくドキドキしたのは事実。

それに、さっきまで抱きしめられていたわけだし。

蓮の温もりを思い出すと、さらにまたドキドキした。でも水野君に感じるような胸の高鳴りはない。

蓮のことはやっぱり、家族として大事なんだ。もちろん、蓮の気持ちはすごくうれしかった。形は違うけど、私の大切な人であることには変わりない。

また明日って言ってたし、これからも仲よくしてくれるってことだよね……？

その夜、蓮のことを考えているとなかなか寝つけなかった。

「よう」

「あ、おはよう」

家を出ると蓮が立っていた。たった二週間一緒に行かなかっただけなのに、久しぶりの光景にうれしくなった。

今日はめずらしく寝坊はしなかったけど、寝不足であることに変わりはない。それは蓮も同じだったようで、目がうっすら充血《じゅうけつ》していた。

「行こうぜ」

「あ、うん！」

昨日のことなんてなかったかのように、いつもと変わらない態度で接してくれる蓮。私もできるだけいつも通りに振る舞った。いつものようにくだらない言い合いをしながら笑い合って、電車に揺られる。

学校の最寄り駅に着いた時には、もうすっかり元の関係に戻っていた。蓮はいつもなら駅からはクラスの友達と学校まで行くけど、今日は違った。

男友達よりも私を優先して一緒に登校してくれた。久しぶりに蓮と歩けることがうれしくて、そういえば入学した当初もこんな感じだったなぁとしみじみ思った。

まだ半年しか経っていないのに、この半年はいろいろありすぎてとても長く感じた。それでも、蓮だけはいつでも私の隣にいてくれる。

蓮とはずっとこうしていたい。

通学路を歩いていると、信号に差しかかった所で立ち止まって信号待ちをしている麻衣ちゃんのうしろ姿を見つけた。

ドクンと変に弾む鼓動。

信号はなかなか青にならず、ついに麻衣ちゃんのまうしろまで来てしまった。

麻衣ちゃんはひとりのようだ。スマホを操作《そうさ》しながら、信号待ちをしている。

「そういえば、桃のクラスって英語はどこまで進んだ？」

蓮の声に反応したのか、私の名前に反応したのかはわからない。麻衣ちゃんがゆっくりと振り返った。

そして、私と蓮の顔を交互に見つめる。

「大上さんじゃん。おはよ」

蓮はサッと王子様スマイルを浮かべて、麻衣ちゃんに微笑む。麻衣ちゃんは私を見てビックリしたように目を見開いていたけど、蓮に声をかけられたことでハッと我に返った。

「お、おはよう、須藤君」

ビクビクしたような麻衣ちゃんの声に、胸がキリキリとしめつけられる。

「桃と大上さんって、仲よかったよな？　一緒に行く？」

「え？　いや、あの、でも」

とまどうような麻衣ちゃんの声。

うまく息が吸えない。麻衣ちゃんの顔を見ることができなくて、逃げ出したい気持ちに駆られる。

だって、またなにか言われちゃう……。

これ以上嫌われたら……。

そんな感情が頭の中を支配する。

「わ、私、今日用事があって！　早く行かなきゃいけないんだった！　先に行くから、ふたりはゆっくり来て！　じゃあね！」

信号が青に変わったタイミングを見計らって、私は全速力《ぜんそくりょく》で駆けだした。

「はぁはぁ」

人の波をすり抜けて、学校へと向かう。走っているせいなのか、動悸がする。ドクンドクンという音が聞こえてくる。

本当は、心の奥底では、わかってる。このままじゃダメだっていうことは。逃げたままでいるのは、よくない。

わかってる。わかってるけど、また拒絶《きょぜつ》されたらと思うと怖くて踏みだせない。

だから……今の私には逃げるという選択肢《せんたくし》以外なかった。

その日お昼休みに入る前から雨が降りだした。悩んだ末に、教室でお弁当を食べることに。カバンの中からお弁当を出して机の上に置く。

するると、隣の席の水野君が同じように自分の机の上にお弁当箱を置いた。そしてそのまま包みを開き、お箸《はし》を出して食べはじめる。

「食わねーの？」

少し経った時、水野君がちらっとこっちに視線を向けてそう言った。そして、また前を向いて続きを食べる。

もしかして、気を遣って私と一緒にいるようにしてくれているのかな。

「た、食べる！」

隣に水野君がいてくれるから、ひとりぼっちじゃない。なんでだろう、それだけですごくホッとする。

心にポッとあかりが灯《とも》ったみたいに温かい。

「ありがとう、水野君」

「なんだよ、改まって」

「なんだか、伝えたくなっちゃったの」

「はは、なんだそれ」

クスッと笑われて、それだけで私の頬は熱くなった。好きっていう気持ちは、とてもやっかいだ。彼の行動や言葉のひとつひとつに、いちいちドキドキさせられる。

「昨日言ってくれたでしょ？　思った時に伝えないと、後悔するって。あの言葉、胸に響いたんだよね」

どうしてかな、水野君には素直になれる。思っていることが口から出てくる。

「だから、まぁ、言っただけっていうか。気にしないで」

「つーか、目赤いけど？」

「え？　あ、これ？　寝不足なんだよね」

わー、充血してる目を見られるなんて恥ずかしすぎる。っていうか、興味がないように見えて、よく見てるよね、人のこと。

「昨日はまぁ、ちょっといろいろあって……考え事してたらなかなか寝つけなかったんだよね」

いろいろって言っても、ほとんど蓮のことなんだけど。だってまさか、蓮が私を好きだとは思わなかったんだもん。

「幼なじみの男に告白でもされた？」

「えっ⁉　なんで知ってるの？」

ビックリしすぎて思わず水野君のほうに身を乗りだした。そして食い入るように顔を覗き込む。

どうして？

「水野君と蓮って、仲よかったっけ？」

わけがわからなくて、軽いパニック状態に陥《おちい》った。

「マジかよ。冗談で言っただけなのに」

パニック状態の私を見て、今度は水野君がビックリしている。

「冗談……？」

ウソ、まさか。もしかして私、墓穴《ぼけつ》掘っちゃった？

「ひ、ひどい、だましたの？」

「いやいや、まさか当たるとは思わなかったんだよ。つーか、夏目って須藤と付き合ってんの？」

「な、なんでそんなこと聞くの？」

できれば蓮のことは私の心の中だけにしまっておきたい。水野君に知られたくない。

「なんでって、気になるから」

まっすぐ射抜くような力強い視線を向けられて、思わずドキッとした。

気になるからって、そんな言い方。すごくドキドキする。

「で、付き合ってんの？　同じこと何回も言わせるんじゃねーよ」

食べる手を止めて、私から視線を外そうとしない水野君。唇をとがらせて、なんだか少しムッとしているように見えなくもない。

水野君の大きくてまっすぐな瞳は、まるで私を責めているかのよう。

「つ、付き合って……ない」

私がそう言うと、水野君は「なんだ」とつぶやいて再び箸を進めた。

『なんだ』ってなんだ?

どういう意図《いと》があって、そう言ったの?

なんでそこまで蓮とのことを気にするの?

水野君は黙々とお弁当を食べているけど、さっき私を問いただした時の厳しさはなく、気のせいか表情も少しゆるんでるように見える。

そこに特別な意味はないんだろうけれど、期待しちゃうよ。

水野君がなにを考えているのか、全然わからない。

踏みだそう、一歩を

それからはとくに水野君との会話もなく、気づけばお昼休みが終わろうとしている。

次は化学室での授業なので、準備をして教室を出た。

「あ」

思わず声がもれたのは、教室を出た所でばったり麻衣ちゃんに出くわしたから。

めずらしくひとりでいる麻衣ちゃんと、思いっきり目が合ってしまった。

「あ、えっと……ごめん」

気まずくてとっさに目をそらす。バクバクと激しく動く心臓。とまどいを隠せない。

麻衣ちゃんは黙ったまま私のそばに立っていて、ひしひしと視線を感じる。どう、しよう。逃げたい。

「あの……」

麻衣ちゃんがそう言いかけた時。

『ほんと無神経すぎるよ』

いつの日か麻衣ちゃんに言われた言葉が脳裏《のうり》をよぎった。

またなにか言われるのかもしれない。次になにか言われたら、もう立ち直れる気がしないよ。

胸が苦しくて、目の前がクラクラした。

「ご、ごめんっ！　急いでるから！」

一刻も早くその場から離れたくて、私は逃げた。向き合う勇気がなかった。

もうこれ以上、傷つきたくないっていう思いでいっぱいだった。

土曜日、ダラダラした休日を過ごしていると、部屋がノックされてお母さんが入ってきた。

「桃、お味噌《みそ》買ってきて」

「えー、やだー。めんどくさい」

「あら、じゃあ今日は桃の大好物の豚汁が作れないわね」

「豚汁？　わーい、行く行く！　行ってきます！」

お母さんからお金を預《あず》かり家を出た。自転車に乗って近所の大型スーパーまでは約五分。駅のすぐそばのスーパーだから、にぎわっている場所にある。

秋になって日が短くなったせいか、薄暗くなったと思ったら一気に夜がやってくる。

自転車に乗っていると、ビュンビュン冷たい風が通り過ぎていった。

家から駅までの中ほどにある大きな総合公園の中を抜ける。この公園はグラウンドもすごく広くて、小中高生がよく野球やサッカーをして遊んでいるのを見かける。

今はもうまっ暗だから人の姿はないけど、昼間とは違って人気のない夜の公園は少し不気味《ぶきみ》。全力で自転車を漕《こ》いで公園を抜けると、スーパーまではもうすぐだ。

頼まれた買い物をすませて、再び自転車にまたがって、来た道を戻る。

公園に差しかかった時、街灯のポツンとしたあかりの下に動く人影が見えた。

「や、やだって言ってるでしょ！　離してよ」

「うっせーな、おとなしくしろ。観念してさっさと来いよ」

「やっ、いやっ！」

「俺だって暇《ひま》じゃねーんだよ。手こずらせるなっつーの！」

声を荒らげてなにやらもめているらしい。嫌がる女の子と、どんどん大きくなる男の人の会話に、なにやらただならぬ雰囲気を感じた。

目を凝らしてよく見ると背が高くて大きな男が、嫌がる女の子の手を引っぱってどこかへ連れていこうとしている。

「もう、離してってば！　ほんとしつこいんだけど！」

「はぁ？　お前、俺にかなうとでも思ってんの？」

こ、これは、やばいよね。どうしよう。助けなきゃ！

なにか、助ける手立ては……？

悩んでいる間にも、女の子は今にも引きずられてしまいそう。私はとっさにあたりを見回して、水道のすぐそばにあった『ある物』を目指して走った。

水道のそばまで来るとそこに置いてあったデッキブラシをつかんで、今度はふたりのもとに駆け寄った。

「ちょっとあんた！　嫌がる女の子に、なにしてんのよ！」

無我夢中《むがむちゅう》だった。力の限りデッキブラシを振り回して、男を攻撃《こうげき》する。

「え？　うわっ！」

ブンブン空を切る音が耳に届いた。それほど力がこもっていたんだと思う。

「なんだよ、お前。いきなりなにすんだよ！」

「うるさい！　早くその子から離れろ、この変態野郎《へんたいやろう》！」

「ちょ、おい。やめろって！　いてっ」

デッキブラシが男の頭に当たって、バシッという鈍《にぶ》い音が響いた。近くで見ると、男はかなり背が高くてとても派手な感じ。

痛そうに頭を抱えてしゃがみ込む男。その近くでポカンと立つ女の子。

膝がガクガク震えたけど、私は女の子の手をつかんで引っぱった。

「こっち！」

「え？」

とまどうような女の子の声。顔を見ている余裕はなかった。

「いいから早く！」

そう言って、男から逃げるように夢中で走った。

とにかく、ここから離れなきゃ。この公園は人気がないから、今度つかまったらかなり危険《きけん》だ。人がいる所まで走るしかない。ただその一心で女の子の手をギュッと握って走った。

大の男に立ち向かっていくのはとても怖かったけど、身体が勝手に動いていたんだ。

「ちょ、ちょっと……待って」

公園の入口まで来た時、女の子が息を切らして私の腕を引っぱった。そして、足を止めて苦しそうに息を吸う。もしかすると、強引で疲れちゃったのかな。そんな私もかなり息が切れて、心臓がバクバクいっている。

「桃ちゃんってば、強引すぎ……っ。はぁはぁ」

えっ？

雲の隙間からお月様が顔を出し、あたりが明るくなった。さっきまでとは違って暗闇にも目が慣れ、女の子の顔がはっきり見えた。

「麻衣、ちゃん……？」

はぁはぁ、ゼェゼェと苦しい中で麻衣ちゃんと目が合った。ジーンズにスニーカー、ベージュのトレンチコート姿の麻衣ちゃん。

「私、こんなに全力で走ったの初めてなんだけど……っ！」

「あ、ご、ごめんね！　早く逃げなきゃと思って、それで、つい」

「桃ちゃんって……相変わらず猪突猛進だよね」

「ご、ごめん……」

なぜだか責められているような気になって、つい謝ってしまった。

「とにかく、ここから離れなきゃ！　あの男が追いかけてくるかも！」

そう思ったらいてても立ってもいられなくなって、再び麻衣ちゃんの腕を取る。

「待って待って、大丈夫だから。っていうか、私もう走れないよ」

「じゃあ、私がおぶってあげる。早く逃げよう」

麻衣ちゃんは華奢だから、きっと私の力でも大丈夫なはず。うん……たぶん。火事《かじ》場《ば》の馬《ば》鹿力《かぢから》ってやつにかけるしかない。

「ほら、早く私の背中に乗って」

「ぷっ……あはは」

「笑ってる場合じゃないよ！　早く！」

こんな状況なのにお腹を抱えて笑っている麻衣ちゃんはのんきというか、危機《きき》感がないらしい。

「危ない目に遭《あ》いたくないでしょ？　だから、早く！」

「あは。桃ちゃんって、ほんと面白いよね。普通、おぶってあげるなんて言わないって」

目に涙まで浮かべてそれを手でぬぐう麻衣ちゃんは、私に頼る気はないらしく一向にその場から動こうとしない。

「おい、お前ら！　マジで許さねーからな！　覚悟しろよ！」

モタモタしている間に追いつかれ、男がすぐ目の前まで迫ってきた。仕方ない、こうなったら私が全力で麻衣ちゃんを守るしかない。

男の顔をにらみつける。

「ま、麻衣ちゃんは、私の大切な友達なんだからね！　傷つけたら、私が許さないから！」

「はぁ？　友達？　お前らが？」

「そうだよ！　いろいろあって今は嫌われちゃったけど、私にとっては友達なの！」

いつもニコニコしていて、かわいらしい麻衣ちゃんが大好きだった。憧れだった。もっと……仲よくなりたかった。でも、無理だった。

「麻衣、この凶暴《きょうぼう》女はマジでお前の友達なのか？」

えっ？

「そうだよ、悪い？」

んっ？

いったい、どういうこと？　この展開についていけない。

「マジかよ。お前に、こんな凶暴な友達がいるなんて……」

「お兄ちゃん、うるさすぎ。強引に私を連れ戻そうとするから、桃ちゃんが勘違いしちゃったでしょうが」

「はぁ？　お前が家出なんかするから悪いんだろ。たかが母さんがお前のプリン食ったくらいで怒りやがって」

「うるさいなぁ、食べものの恨みは怖いんだよ？」

「だからお前はいつまでたってもガキなんだよ」

「お兄ちゃんに言われたくないから！」

お兄、ちゃん……？

家出……？

プリン？

「どういう、こと……？」

麻衣ちゃんは男に襲《おそ》われそうになってたんじゃなかったの……？

「桃ちゃん、ごめんね。この人、五つ上の私の兄なの。電車に乗って家出してきた私を、無理やり家に連れ戻そうとしてたんだよ」

「ええっ！」

開いた口がふさがらないとは、まさにこのこと。私の勝手な勘違いで、麻衣ちゃんのお兄様にデッキブラシを……。それに、変態野郎って……。

「ご、ごめんなさいっ！　まさか、そんなことだとは思いもせずに……！　おケガはありませんでしたか？」

「べつに、たいしたことねーよ」

「ほ、ほんとにごめんなさい！」

直角になって頭を下げた。本来なら土下座《どげざ》でもしなきゃいけないレベル。

「いーのいーの、桃ちゃんはなにも悪くないから。強引に連れ戻そうとしたお兄ちゃんが悪いんだよ」

「いやいや、もとはといえば麻衣が家出なんかするからだろ。マジで痛かったんだからな、デッキブラシ」

よく見るとふたりはそっくりで、お兄さんもかなりのイケメンだ。

「ご、ごめんなさいっ！」

「桃ちゃん、ほんとに気にしないで。それより、お兄ちゃんなんかほうっておいてあっち行こっ」

麻衣ちゃんはお兄さんに背を向けて歩きだす。それをオロオロしながら見つめる私。

「お前なぁ、待てよ」

「うるさい、お兄ちゃんのバカ。私は桃ちゃんに大事な話があるの。邪魔しないで」

「相変わらず生意気なやつだな。話が終わったら、ちゃんと帰ってこいよ！」

「はいはい」

スタスタと歩いていく麻衣ちゃんの背中が遠ざかる。私はどうすればいいのかわからずに、呆然と立ちつくす。

困ったような私に、お兄さんが声をかけてきた。

「あいつ、実はすっげー不器用《ぶきよう》なんだよ。周りに話を合わせたり、気を遣ってばっかなところもあったりしてさ。素直じゃないし、ムカつくところもあると思うけど、これからも麻衣と仲よくしてやって」

「でも……」

「あいつ、自分の意見を飲み込むところがあるけど、桃だっけ？　あんたの前ではズバズバ言ってたし。誰かとケンカするなんて初めてのことだと思うんだ」

「ケンカっていうほどのものじゃ……私が一方的に嫌われているんです」

「麻衣は理由もなく人を嫌いになるようなやつじゃない。それだけは兄である俺が保証するよ。だから、あいつの話を聞いてやってくんねーかな？」

お兄さんにそう背中を押されて、私は麻衣ちゃんのあとを追いかけた。偶然出会ったとはいえ、まさかこんなことになるなんて。

冷たい風がサーッと吹き抜ける。木が大きく揺れて、葉のこすれる音がした。

「こっちだよ」

麻衣ちゃんは公園の隅にあるベンチに座って、手招きする。私はゆっくり麻衣ちゃんの隣に腰かけた。緊張するし、不安がないといえばウソになる。でも、ちゃんと向き合おう。もう逃げたくない。

「夏祭りの時に、見ちゃったの」

なんの前触れもなく、麻衣ちゃんが話しだした。

「夏祭り……？」

わけがわからなくてポカンとなる。

「なにを、見たの？」

「手をつないで歩く、桃ちゃんと須藤君の姿」

待って……ウソ、でしょ。

「しかも、神社から出てきてた。ジンクスを信じて、ふたりでおみくじ引いたのかなって。なんにもないって言いながら、桃ちゃんは実は須藤君のことが好きだったのかなって思った……。私が須藤君をお祭りに誘ってほしいってお願いした時、須藤君はクラスの友達と約束してるって。桃ちゃんも、ほかに約束があるって。そう言ってたのに、それなのにふたりでいるところを見て、ショックだった。ウソつかれたことが、すごく悲しかった」

ドクンと心臓が大きく跳ねた。

「なんだか、それから桃ちゃんのことが信じられなくなって。どんな顔して会えばいいのかわからなくなったの。笑って話しかけてくる桃ちゃんの神経がわからなくて、ひどいことを言ったりもした。……一緒にいたくなくて、避けちゃってたのは申し訳ないと思う。でも須藤君のことが好きなら、ちゃんと言ってほしかった」

麻衣ちゃんは言いにくそうに話してくれた。

そういうことだったのかと納得する一方で、私が麻衣ちゃんを傷つけてしまっていたのかと思うと胸が痛くなった。

信じてもらえないかもしれない。今さらって思われるかもしれない。でも、逃げないって決めたから。

「麻衣ちゃん、私ね……同じクラスの水野君のことが好きなの。お祭りの日も、私は水野君と約束してたんだよ。ふたりきりじゃなくて、水野君の幼なじみの瑠夏ちゃんって子も一緒だったんだけどね」

「えっ？」

私の話に麻衣ちゃんは大きく目を見開いた。

「蓮も、クラスの友達と来ていて、偶然おみくじの所で会っただけなの。そのあと一緒に帰ったことは事実なんだけど、おみくじも一緒に引いてないし、私は蓮のことはほんとになんとも思ってないの」

「そう、だったの……？　私ったら、勝手に妄想《もうそう》して勘違いして……」

麻衣ちゃんの声が小さく震えている。

「ごめんね……桃ちゃん。私、すっごい嫌なやつだったよね……桃ちゃんに、たくさんひどいことしちゃった……ほんと、バカだ」

麻衣ちゃんはそう言って涙をぬぐった。

「う、ううん、私が悪いんだよ。まぎらわしいことしちゃったから……」

「桃ちゃんは、なにも悪くないよ……！　私がちゃんと夏祭りの時のことを聞けばよかったんだよ。でも、怖くて聞けなかった。うまくいってるって聞いたら、黒い気持ちに支配されて……桃ちゃんのこと、嫌いになりそうで。応援なんかできないって思ったから」

人を好きになるってことは、綺麗事だけじゃすまないことを私は知ってる。嫉妬、焦燥《しょうそう》、イライラ、ムカムカ、ドロドロ。

いろんな感情が混ざりあって、苦しくて、しんどくて。好きな人の行動や言葉ひとつひとつにドキドキしたり、落ち込んだり。恋って楽しいばかりじゃないことを、水野君を好きになってわかった。

「私、誰かを好きになったの須藤君が初めてで。須藤君と仲がいい桃ちゃんのこと、ほんとはずっとうらやましかったんだ。うらやましくて、妬《ねた》ましくて、桃ちゃんのこと恨んでた」

「麻衣、ちゃん……」

「でも、ある時気づいたの。自分ではなにも努力してないって。それ以来、自分がすごく情けなく思えて恥ずかしくなったの。ひどいことをしちゃったって。そこで初めて後悔して……ずっと謝ろうと思ってたんだけど、なかなか声をかけられなくて」

ごめんねと麻衣ちゃんは深く私に頭を下げた。

「麻衣ちゃんに無視された時、すごく傷ついたけど。でも、麻衣ちゃんの気持ちもわかるよ」

私も同じだ。瑠夏ちゃんに同じことしてる。それってすごく恥ずかしいことだ。ただの八つ当たりじゃん。

「私も水野君の幼なじみの女の子に、ひどいこと言っちゃったの。水野君に好かれてるのがうらやましくて……」

「桃ちゃんも？」

「うん」

それから私は麻衣ちゃんに瑠夏ちゃんとの間に起こったことを話した。

「私たち……似た者同士だね。でも、だからこそ誰よりも気持ちがわかるっていうか。麻衣ちゃん、これからも私と仲よくしてくれる？」

「いい、の？」

不安げに揺れる麻衣ちゃんの瞳。その目には、まだじんわりと涙がにじんでいる。

「もう、桃ちゃんに嫌われてると思ってた。私なんかと、これからも仲よくしてくれるの？」

「もちろんだよ。麻衣ちゃんは、私の憧れの女の子だもん。それに、また一緒に恋バナもしたいし。遊びにだって行きたいと思ってる」

言いたいことを言い合った今の私たちなら、これからも大丈夫だよね？

「桃、ちゃん。うぅ、あり、がと」

「な、泣かない、でよっ。私まで、泣けてくるじゃんっ」

これまでのことが頭の中にフラッシュバックして、苦しくて切なくて悲しくなった。

私の目にも涙が浮かぶ。いろいろあったけど、もう大丈夫。きっと、これからはもっと仲よくなれるはず。そんな予感がするの。

「さっき、お兄ちゃんから全力で私を助けようとしてくれた時、すごくうれしかった。私、友達は多いけど、親友って呼べる子はいないの。自分の本音を言うのが得意じゃなくて、周りに合わせちゃうんだよね」

麻衣ちゃんは少しずつ私に心を開いてくれているって解釈してもいいのかな。

「でも、もう周りに合わせるのはやめる。今度は私が桃ちゃんを全力で守れるくらい、強くなってみせる」

力こぶを作りながら、なんとも頼もしいことを言ってくれる麻衣ちゃんのその笑顔は、最高にかわいい。

今日麻衣ちゃんに会ったのは偶然だけど、運命だったのかな。ちゃんと話せて、誤解がとけてよかった。また仲よくできるのがたまらなくうれしい。

「お祭りの日ね、私、皐月や同じクラスの女子と一緒にいたの。それで皐月も桃ちゃんと須藤君のことを見て……誤解したんだと思う。皐月は皐月で、きっと、桃ちゃんが須藤君のことを話してくれなかったのがショックだったんじゃないかな」

「あ、そういえば……」

皐月も前に私のことを信じられないって、言ってたっけ。なんのことだかわからなかったけど、そういうことだったの？

私と蓮が付き合ってるって思ってたんだ？

そして、それを話してくれないことがショックだったの？

「皐月や同じクラスの友達に、須藤君のことが好きだって打ち明けたあとのお祭りだったの。だから、みんなが桃ちゃんのことを敵対視《てきたいし》しちゃったんだ。でも、皐月は違うと思う」

全然知らなかった。あの時は水野君のことでいっぱいで、ほかのことを考えている余裕なんてなかったから。

「私、もう一回皐月と話してみる」

「うん、桃ちゃんならそう言うと思った。私も見習わなきゃね、桃ちゃんのこと。そんなふうにまっすぐぶつかっていけるところ、本気で尊敬しちゃう」

「そ、そんなことないよ。直情型《ちょくじょう》なだけだよ」

「あはは、だね。でも、デッキブラシとおんぶにはウケたなぁ」

いつのまにか麻衣ちゃんから涙は消えていた。そして、私も自然と笑顔になる。

「もう、それは言わないでー！　忘れてくださーい！」

「忘れないよ、うれしかったんだから」

麻衣ちゃんがクスッと笑った。私はなんだか照れくさくなって、なにも言い返せなかった。ふと見上げた先には綺麗な満月が見えて、しばらくの間ふたりで見入っていた。

Lovers＊5

悩み苦しみ葛藤《かっとう》

「桃ってば、不器用すぎるー！」

「っていうか、そこまで好きならいっそそのこと告白するしかなくない？」

「そうだよ、告白しちゃいなよー。そんで、うまくいったらダブルデートしよ！」

フードコートのドーナツ屋さんで、ワイワイと盛り上がる。

放課後、高校の最寄り駅から二駅先にあるショッピングモールに私たちは来ていた。

私と皐月と麻衣ちゃんと百合菜の四人。めずらしい組み合わせだけれど、最近とくに私たちは仲がいい。というのも、私がみんなに水野君のことが好きだと打ち明けたから。

恋愛トークに花が咲いて、みんな目をキラキラと輝かせている。

「こ、告白なんて、絶対に無理！」

無理無理無理と全力で否定する。ふられるってわかってるのに、できるわけがない。それにせっかく少しずつ仲よくなってきてるのに、ここで告白して気まずくなるのは嫌だ。

「そんなこと言ってたら、幼なじみの女の子に持っていかれちゃうよー？」

ドーナツをほおばりながら皐月がからかうように笑う。あれから皐月と話して、お互いに言いたいことを言い合った。その結果、誤解がとけて私たちは元通りの関係に戻った。

それから私たちは急速に仲よくなって、今ではなんでもズバズバ言い合える仲に。一皮むけたっていうのかな、前よりも格段《かくだん》に仲が深まった気がする。

私を通じて皐月と百合菜も親しくなり、麻衣ちゃんと百合菜は同じクラスということもあって、みんなが仲よくなるのに時間はかからなかった。

「あ、そういえば彼氏が言ってたんだけど、水野君って地元では、サッカーの天才少年って言われてたんだって。小さい頃からやってたから、目立ってたって」

「へぇ、すごいね」

その話は瑠夏ちゃんからチラッと聞いたことがある。

「サッカーの名門校からのスカウトも来てて、入学が決まってたらしいよ！　でも、直前になって辞退《じたい》したんだって。プロの選手になれたかもしれないのに、もったいないよね」

名門校からスカウトが来てて、入学が決まってた……？

それなのに、どうしてやめちゃったの？

ワールドカップに出たいっていう夢があるほど、サッカーが好きだったんだよね？

それなのに……。

水野君と仲がよかった蒼君が関係してるっぽいけど、詳しく聞けない。

ふと近くにあった時計を見てハッとした。

「ごめん、私、おばあちゃんの所に行かなきゃ！」

「おばあちゃん？」

「うん、ショッピングモールの裏の大学病院に入院してるの！　お見舞いのついでに、洗濯物《せんたく》取りにいかなきゃ」

あわててドーナツを平らげるとカバンを持って席を立つ。

あぶないあぶない。話が弾んで、ついつい忘れてしまいそうになっていた。

水野君のことも気になるけど、最近骨折して入院したおばあちゃんのことも心配だ。

私は足早に大学病院へと向かう。

すでに外来《がいらい》受付が終わっているから、ロビーにもそんなに人の姿は見当たらない。

おばあちゃんが入院している整形《せいけい》外科の病棟《びょうとう》は南棟の二階にあった。同じ階にある渡り廊下をはさんだ西病棟は心臓外科の病棟で、患者さんは比較的年配の人が多い。

夏目梅《うめ》、それがおばあちゃんの名前。ナースステーションでお見舞いにきたことを伝えると、看護師《かんごし》さんが案内してくれた。

「おばあちゃん」

おばあちゃんは日当たりのいい窓際のベッドに座って、新聞を読んでいた。

「おや、桃ちゃんかい」

おばあちゃんは目尻《めじり》にシワを寄せて優しく笑った。

「うん、お見舞いにきたよー。それと洗濯物を取りにきた」

おばあちゃんと久しぶりの再会。前に会ったのは、夏休みだったっけ。入院して病衣を着ているからなのか、前に会った時よりも小さくなっているような気がする。

「そうかい、ありがとね。おまんじゅうがあるけど、食べるかい？　それとね、お隣の佐藤《さとう》さんがリンゴをくれたんだよ。むいてあげようね」

優しい笑顔でニコニコと接してくれるおばあちゃん。一日中ベッドの上にいるせいかとても退屈《たいくつ》らしく、私が来たのを喜んでくれた。

仕事が忙しい両親に代わって、小さい頃はおばあちゃんが私の世話をしてくれた。だからなのかな。おばあちゃんの笑顔を見ていると、とても落ち着くんだ。

「骨折した所、痛い？　大丈夫？」

「桃ちゃんが来てくれたから、痛みなんてどこかに吹っ飛んだよ」

「それなら、毎日来ようかな。おばあちゃん、早く元気になってね」

「ありがとね、桃ちゃん。小さい頃から、優しいところは変わらないね」

自分のことを優しいなんて、思ったこともない。それなのに、おばあちゃんはニコニコしながらそんなことを言う。

おばあちゃん、私、本当に優しくなんかないよ。蓮にひどいこと言ったり、瑠夏ちゃんのことも……傷つけちゃった。

今ではすごく後悔してる。

そう……後悔してるんだ。

「おばあちゃん、ありがとう。私、がんばるね」

おばあちゃんの言葉を裏切《うらぎ》らないようにしたい。だから、行動しよう。今、初めてそう思えた。

しばらく話し込んでいると、外はもうまっ暗だった。夕食時間のタイミングで、おばあちゃんの病室を去る。

ナースステーションの前を通って、看護師さんに小さく会釈してからエレベーターホールへ向かう。するとタイミングよくエレベーターが二階で停まり、ドアが開いて、五人くらいの面会人が一気に降りてきた。

中年の女性に混じって、ひとり目を引いたのは制服姿の女の子。

顔を見てビックリした。

瑠夏、ちゃん？

なんでこんな所に？

私の疑問をよそに瑠夏ちゃんはエレベーターを降りると、私に気づかず行ってしまった。

いけないと思いながらも、気になって瑠夏ちゃんのあとをつけた。瑠夏ちゃんは西側の心臓外科病棟へと向かう。そして一番奥の個室の前で少しためらいがちにドアをノックし、中へと入った。

「蒼君、来たよ」

ドアが閉まったのを最後に瑠夏ちゃんの声は聞こえなくなった。

蒼……君？

もしかして、瑠夏ちゃんが前に話してくれた宝木蒼君？

水野君と仲がよかったっていう、あの。

ネームプレートがないから、たしかではないけど……。

心臓外科の病棟にいるってことは……心臓が悪いの？

ウソ、でしょ。だって、まさか。同い年で若いのに、病気になんかなるの？

ガラッ。

いろいろと考えを巡らせていると、病室のドアがいきなり開いた。

「え、桃ちゃん……？　なんでここにいるの？」

ビックリした表情の瑠夏ちゃん。私は気まずくて、言葉が出てこない。

それに、瑠夏ちゃんの目が赤いような気がする。

「とりあえず、外に行こっか」

瑠夏ちゃんを追って病院を出た。外はもうまっ暗だ。

どこまで行くんだろう。歩道を歩いている瑠夏ちゃんの背中は、とても寂しげだ。

「瑠夏ちゃん！　赤だよ！」

「えっ？　あ……」

ハッとしたように我に返った瑠夏ちゃんは、目の前の信号が赤なのに気づいて立ち止まる。

「ご、ごめんね、ぼんやりしてた」

瑠夏ちゃんは無理に笑顔を作って笑う。その笑顔はすごく痛々しくて、なんでだろう。私まで苦しい。

蒼君のことを聞きたいのはやまやまだけど、私にはそれより先にやることがある。

話したいことがあると言って、瑠夏ちゃんを近くの小さな公園に誘った。

瑠夏ちゃんがブランコに座ったので、私は少し離れた場所に立った。そして、瑠夏ちゃんの目をまっすぐに見つめる。

「瑠夏ちゃん、こないだはごめんなさい。瑠夏ちゃんはなにも悪くないのに、ひどいこと言っちゃった……ほんとに、ごめんね」

深く頭を下げる。ずっとずっと、瑠夏ちゃんのことが心に引っかかっていた。でも向き合うことができなくて、素直になれずにいたけれど。

今は心から謝りたいと思う。

「私ね……水野君のことが好きなの。それで、瑠夏ちゃんにいろいろ言われて……なんだか、いっぱいいっぱいになっちゃって」

ものすごく最低なことをしてしまった。なんてバカだったんだろう。どんな理由があろうと、人を傷つけていいわけがないのに。

あの時の私は、そこまで考えられる心の余裕がなかった。

「気づいてたよ、なんとなくね。私がよけいなことを言ってるのも、わかってた……私こそ悪いことしたと思ってる」

「そ、そんな！　悪いのは私だよ」

「ううん、そんなことないよ。あとから考えて、すごく後悔したんだ」

人は誰でも、自分がしたことに後悔する。その時は気づかなくても、あとになって冷静になると大きな間違いに気づくもの。

私たちはお互いにそうだったのかな。

「だから、この話はお互い様ってことで終わりにしない？　過ぎたことは水に流して、桃ちゃんと私は、改めて友達ってことでどうかな？」

瑠夏ちゃんはかわいくにっこり微笑んだ。ウソのない、純粋な笑顔。

「うん、そうしよう！」

瑠夏ちゃんともっと親しくなりたい。水野君のことを抜きにしても、私は瑠夏ちゃんと友達になりたい。今ならそう思える。

にっこり笑って返すと、瑠夏ちゃんはさらに優しく微笑んだ。かわいい笑顔。でも、どこか影があるように見える。

「蒼君のこと、聞いてもいい？　入院してるの？」

「うん……そうなの。今年の一月の終わり頃に突然倒れて、救急車で運ばれたんだ。三日間意識が戻らなかったんだけど、奇跡《きせき》的に目を覚ましたの。詳しい検査の結果、心臓病だってわかって……それからすぐに退院したんだけど、主治医《しゅじい》の先生から、もう二度とサッカーができないって言われたの」

「え……」

救急車で運ばれた？

心臓病……？

二度とサッカーが……できない？

そんなことって、あるの？

驚きと衝撃の連続だった。

そして話しているうちにツラくなったのか、瑠夏ちゃんは静かに涙をぬぐった。

「蒼君と春ちゃんは中学を卒業したらサッカーの強豪校に行くことが決まってたんだけど、病気のせいで蒼君が入学を辞退して……でも、春ちゃんには病気のことは絶対に言うなって。春ちゃんにはサッカーに専念してほしいから、自分のことでよけいな心配はさせたくなかったんだと思う」

「え？　じゃ、じゃあ、水野君は蒼君の病気のことを知らないの？」

「うん……蒼君、なにも言わずにクラブユースのチームもやめて。春ちゃん、それさえも知らされてなくて。練習に行った日に、監督《かんとく》からやめたことを聞かされたの……。それで、すごく怒って、蒼君に会いにいったらしいんだけど、そこでなにがあったのかは私も知らないんだけど、ケンカしたっぽくて」

まるで自分のことのように唇を噛みしめて話す瑠夏ちゃん。きっと苦しいんだと思うと、私まで胸が痛かった。

蒼君がサッカーをやめたのがショックだったから、水野君もやめたの？

それはわからないけど、ふたりの間になにかがあったのは事実だ。

「一緒にワールドカップに出るんだって言ってふたりで自主練したり、きついトレーニングにも耐えてきたのに……春ちゃん、相当ショックだったと思う。実際、すごく落ち込んで。でも、私には絶対に弱音《よわね》をはいたりしなかった。私じゃ……春ちゃんの力になってあげられなかったの。でも桃ちゃんならって……思って。春ちゃんに立ち直ってほしくて必死だったんだ……私じゃダメだから……桃ちゃんなら……きっと春ちゃんを変えられると思った」

瑠夏ちゃんは、ふたりのことでとても苦しんでいる。それが伝わってきた。

「結局、春ちゃんもサッカーをやめちゃって……。あれだけサッカーが大好きだったのに、私、悔しくて……蒼君も、春ちゃんなら絶対にプロの選手になれるって誰よりも応援してたのに。蒼君ね、発作が起きて……それで今もまた入院してるの。サッカーをやめたくなくて、春ちゃんと一緒にピッチに立つのをあきらめられなくて……チームを抜けたあとも、内緒で走り込みをやってたんだよ。次に倒れたら、今度こそ命はないって言われてたのに……無理をして、倒れたの……っ」

「そ、そんな……っ」

命はないだなんて……っ。

ウソ、でしょ？

「だ、大丈夫なの？」

「なんとか、一命はとりとめたんだけど……」

瑠夏ちゃんはそこまで言って言葉を詰まらせた。

そして涙混じりに言った。

「まだ……っ意識が戻らないのっ」

ドクンと心臓が跳ねた。

だって、高校生で死に直面するなんて……。まさか、そんなことが起こるなんて。

瑠夏ちゃんが抱えていることは、私の頭では想像ができないくらい深刻で、繊細《せんさい》で。

その華奢な身体で、そんなに大きなことを抱えているなんて思いもしなかった。

だって、普通に笑ってたから。悩みなんてないって、思っていたんだ。

「蒼君ね、もう二週間も眠りっぱなしなの……こんな姿、春ちゃんには見られたくないと思うから、春ちゃんにだけは言わないでね……っ。蒼君、きっと自分でも認められなかったんだと思う……。次に倒れたら命はないって言われても、春ちゃんと一緒にワールドカップに出るっていう夢を捨てきれなかったんだよっ……！　春ちゃんに病気のことを言うと、本当にサッカーができなくなるって認めなくちゃいけない気がして、怖かったんだと……思うんだ。蒼君がどれだけサッカーを愛していたかは、私が一番よく知ってるから……っ。だから、目を覚ましたくないんだよ……っ。ツラい現実に直面したくないんだよ……っ。眠ったままで意識がなくても……蒼君は、目を覚ましたら傷つくことになるって、わかってるんだよ……でも、このままずっと、目を覚まさなかったら……私、私は……っどうしたらいいの？」

鼻の奥がツンとして、喉が焼けるように熱い。ジワッと涙があふれて頬を伝った。

もしも神様がいるのなら、なんて意地悪なんだろう。どうして蒼君だったの。サッカーが大好きで、ひたむきにがんばっていたのに……。

私が泣くのは間違っている。わかっているのに、涙が止まらない。

本当にツラくて苦しいのは、ずっとそばで見てきた瑠夏ちゃんで……。

私には瑠夏ちゃんの気持ちを少しもわかってあげられないはずなのに。

どうしてかな、ツラくて苦しいよ。

蒼君が水野君に言えなかった病気のこと、私なんかの口から簡単に言えるわけがない。簡単に言っていいことじゃない。そこにどれだけの想いがあるかを知ってしまったから。

「蒼君は春ちゃんにサッカーを続けてほしいって心から願ってる。あいつはプロにならなきゃダメだって、病気になってからもいつも言ってたから。私はねっ……そんな蒼君の願いをかなえたいんだ。だって……蒼君のために私ができることって、それくらいしかないから……っ」

嗚咽《おえつ》をもらしながら泣く瑠夏ちゃんの背中をさする。

この前水野君が瑠夏ちゃんに元気がないって言ってたのは、もしかしたら蒼君のことが原因だったのかな。だとすると、私はそんな瑠夏ちゃんに追い打ちをかけるようにひどいことを言っちゃったの……？

私……最低だ……っ。

「瑠夏ちゃん……ごめんねっ。私……」

涙があふれた。

瑠夏ちゃんはなんで私が謝ったのかわかっていないようだったけど、ふたりしてたくさん泣いた。

泣いたあとは少しだけ心が軽くなったけど、完全に晴れることはなかった。蒼君のことは衝撃が強すぎた。頭の中でうまく処理しきれなくて、まだ苦しい。

「早く目を覚ますといいね……っ」

そんなありきたりなことしか言えない自分が、情けなくてたまらない。でも、ほかにどう言えばいいのかわからなかった。

「うんっ……絶対、目を覚ますって信じてる。春ちゃんもね……大好きなサッカーをやめちゃうくらい、蒼君がサッカーをやめたことがツラかったんだと思う。ほんとはね、ふたりに仲よくしてもらいたくて、春ちゃんにサッカーを続けてほしくて、病気のことを春ちゃんに何度も言おうとしたんだ……だって、仲たがいしたままなのは私も嫌だし。でも春ちゃんを前にすると蒼君の悲しそうな顔が頭に浮かんで……言えなかった。普通なら言うべきなんだろうけど、蒼君が必死になって隠そうとしていたことを……私の口からは言えなかったんだよ」

初めて瑠夏ちゃんを見かけたのは映画館だった。あの時も蒼君のことを水野君に伝えようとしていたのかな。

ずっとずっと苦しんでいたんだね。悩んでいたんだね。葛藤していたんだね。

本当にこれでいいのかがわからなくて、誰にも相談できなくてツラかったのかな。

おこがましいけど、私はそんな瑠夏ちゃんの力になりたいよ。

なにをどうすればいいのかはわからないけど、話を聞くくらいならできる。

「なにかあったら……いつでも言って。瑠夏ちゃんがツラい時は飛んでいくから」

そう言って、私は瑠夏ちゃんの華奢な手をギュッと握った。

心の声

「では、球技大会の出場種目決めをしたいと思いまーす」

十月中旬、ホームルームの時間。黒板にずらりと書かれた球技大会の種目を見て、自分が出られそうなものを探す。

実は私、運動音痴《おんち》なんだよね。

「っしゃー！　みんな、気合い入れてやろーぜ！」

「もちろんっ！　絶対優勝！」

「タダ飯、タダ飯ー！」

クラスでも目立つ部類の男子が立ち上がって大声で叫んだ。クラス中が盛り上がって、教室内は活気にあふれている。

それもそのはず。

なんたって、球技大会で優勝したら一ヵ月間の学食無料券が全員にもらえるのだ。

うちの学食はおいしいと人気で、球技大会は無料券を巡って文化祭よりも熱く盛り上がると言われている大イベント。

「桃ー、どうする？」

前に座っている皐月が振り返って聞いてくる。

「できるだけ、みんなの足を引っぱらないような種目に出る。あ、玉入れとかよさそう。綱《つな》引きもいいね！」

「あー、だよね。じゃあ、私もそうしようっと。っていうか、玉入れとか綱引きって、運動会でするものだよね？　なんで球技大会でやるの？　球技じゃないよね」

「それ、私も思った。でも運動音痴な人には、神種目だよ。私、ほんとに球技とかダメだし」

皐月と話していると、その間にどんどん決まっていった。すかさず玉入れと綱引きに立候補《りっこうほ》したけれど、ひとつは却下《きゃっか》。やはりちゃんとした球技にひとつは出ないといけないとのこと。

憂うつだけど、人数が足りない女子サッカーに出ることになった。同じく皐月も一緒だから、ひとりより心強いけれど。足を引っぱってしまったらどうしよう。サッカーなんて、今までやったことないよ。

「じゃあ、次。男子サッカーな。やりたい人ー！」

「はーい、はいはい！　はーい！」

元気よく声をあげたのは佐々木君だ。

「じゃあ佐々木と後藤と本山と……っていうか、あと決まってないヤツ全員サッカーだな。それでちょうど人数が合うわ」

クラスの名簿《めいぼ》を見ながら、学級委員の男子が黒板のサッカー欄《らん》に名前を埋めていく。そこには水野君の名前もあった。

ちらりと様子をうかがうと、水野君は真顔で前を見つめていた。どう思っているんだろう。でも、本当はやりたいはず。きっと、サッカーが好きなはず。

「ねぇ水野君、よかったら私にサッカーを教えてくれないかな？」

お昼休み、私は水野君に思い切ってそうお願いした。あの日からずっと、花壇の前で水野君とお昼休みを共にしている。

「なんでだよ？」

サッカーと聞いて水野君の表情がこわばったのがわかった。

「球技大会で女子サッカーに出ることになったんだよ。私、今までサッカーなんてしたことないし……運動が苦手だから、みんなの足を引っぱるかもしれないって考えたら、申し訳なくて」

水野君はしばらく考え込むような表情を見せたあと、観念したようにため息をついた。

「明日、朝五時に総合公園のグラウンドに集合な」

「え？」

あ、朝五時……？

「なんだよ？　夏目が言い出したんだろ」

「は、はーい、よろしくお願いします」

果たして、大丈夫かな。


「ね、眠い……ものすごく」

現在朝の四時半。まだ外はまっ暗で、頭もボーッとしている。眠い目をこすりながら、ジャージ姿で家を飛び出した。自転車だと総合公園まではすぐだけど、こんな時間に起きてることってまずないから身体が目覚めない。

「おせーよ」

キキーッとブレーキ音を響かせながら自転車をとめた直後、水野君からのそんな一言が飛んできた。

有名なスポーツメーカーのウェアに身を包んだ水野君は、いつもの制服姿とはまた印象が変わってカッコいい。

「ごめん、でもまだ五時になってないよね？」

グラウンド脇にズドンと立っている柱時計に目をやると、約束の五分前だった。

「こういう場合、十分前に来るのが当然だろ」

「うっ、なかなかスパルタだな」

そう言うとギロッとにらまれた。朝が早いにもかかわらず、水野君の額には汗が浮かんでいる。

「そういえば、水野君の最寄り駅って、たしかここよりふたつもあとだよね？」

こんな時間に電車って動いてるの？

「走ってきたんだよ、走って」

「は、走って？」
ウ、ウソー！
水野君の地元はここから三キロ以上も離れてるんですけど！

「こんぐらいの距離なんてなんともねーよ。夏目も明日から走ってこいよ。自転車禁止な」

「えっ！」


大丈夫じゃない……かもしれない。

いざ練習がはじまると、それはとてつもなく過酷《かこく》だった。まずはグラウンドを五周させられ（もちろん水野君も一緒に走った）、その次にドリブルしながら三周（倒れそうになる私の横で水野君は余裕しゃくしゃくで走っていた)。

「はぁはぁ……」

気づくとあたりはすっかり明るくて、太陽が顔を出していた。ベンチに寝そべって、しばし休憩《きゅうけい》。水野君は呼吸ひとつ乱さずに、呆れ顔で私を見下ろす。

「体力なさすぎな」

「み、水野君がありすぎなんだって……!」

「あと五分休んだら、今度はシュート練習な」

「えっ?」

まだ、やるの?

かなりのスパルタだよ、鬼《おに》だよ、鬼。

「うまくなりたいんじゃねーの?」

「うまくっていうか、みんなの足を引っぱらない程度でいいんだけど……」

「ちっ、中途半端《ちゅうとはんぱ》なヤツだな」

私の動機《どうき》は不純《ふじゅん》なのかな。水野君は不機嫌そうだ。

「やるよ、やります。お願いしたからには、全力でやらせていただきますよ」

「そうこなくちゃ。じゃあ早速、シュート練習な」

「え? 五分後って言わなかった?」

「なに？　文句あんの？」

「な、ない……です」

練習となると水野君は人が変わったように熱くて真剣だった。

言葉はキツいけど、朝早くから私の練習を見てくれて、指示するだけじゃなくて一緒に参加してくれていることを考えたら文句なんて言えるはずがない。

それにここまで真剣に教えてくれているんだから、その気持ちに応《こた》えたいと思った。

「もっと足あげろ。しっかり狙いを定めてから、思いっきり蹴《け》るんだよ」

「う、うん！」

「違う、そうじゃねー。もっとうしろまで足を引け」

「う、うしろ……」

アドバイス通り足をうしろに蹴りあげた。そして思いっきりボール目がけて振りおろす。だけど私の足はボールにかすることなく、空をきった。

「きゃあ」

反動《はんどう》でバランスを崩《くず》し、お尻からその場に倒れ込む。はたから見たら、かなり恥ずかしいこの格好。

周りでランニングをしていた高校生や中学生の男の子にクスクス笑われているのがわかって、よけいに恥ずかしくなった。

ううっ、もうやだ。疲れた。しんどい。苦しい。

「もうやめる？」

倒れ込んだまま動かない私の頭上から、水野君の声が降ってくる。

「ううん、やめない」

やるって決めたから。ここでやめるわけにはいかない。やめちゃいけない気がする。

地面に手をついて立ち上がり、お尻や背中についた砂を払う。

練習が終わったのは七時半過ぎで、その頃にはもうクタクタになって一歩も動けなかった。真夏じゃないのに汗がダラダラ流れ落ちて、ものすごく身体が熱い。

こんなに運動したのは、生まれて初めてかもしれない。

「これから球技大会まで毎日五時に集合な」

「えっ？」

ま、毎日……？

「土日も……？」

「当然だろ」

さも当然のごとく、水野君は言いきった。今日だけでもかなりキツかったのに、これから球技大会までの約一ヵ月、毎日かぁ……。

気が遠くなりそうだよ。

「嫌なら、やめてもいいけど？」

「い、嫌じゃないよ！　やるって決めたから、がんばる！」

そうは言ったものの、体力が続くかものすごく不安だった。

学校に行ったら行ったで、早起きしたせいで授業中に眠くなり、ウトウトしていると先生に怒られるし。

そして次の日、案の定筋肉痛《きんにくつう》で起き上がるのもツラかった。それでも家から公園まで走って向かう。

身体が悲鳴《ひめい》をあげていたけど、根性だけはあるほうだと思っている。

昨日言われた通り、今日は待ち合わせの十分前には公園に着いた。それでも水野君は、私よりも先に来てボールを蹴っていた。

その表情はやっぱりツラそうで。どうしてそんな顔をしながらボールを蹴っているんだろう？

大好きなはずのサッカーなのに、どうして……。

蒼君のことが、関係しているのかな。きっと、そうだよね。

「来てたなら、声かけろよ」

「えっ、あ、ごめん」

「まぁ、いいけど。あっちー」

スポーツタオルで汗をふきながら、水を飲む姿にドキッとする。不純な動機といえば、そうだよね。水野君に会えるのがうれしいなんて。

「じゃあ早速、昨日と同じく五周走れよな。そのあと、ドリブルしながら三周。それ、毎日の基本な」

「う、は、はーい……」

根性だけはあるほうなんだ、そう……根性だけは。だけど、筋肉痛に加えて昨日と同じ練習量はかなりキツい。倒れそうになりながら、必死に足を動かす。痛い。苦しい。ツラい。疲れた。でも、がんばる。

その思いだけで、今日のノルマも無事達成《たっせい》。今日も水野君はスパルタだった。でも、少しずつ水野君との距離も縮まっている気もする。

ひと息ついて、お母さんが持たせてくれたスポーツドリンクを口にする。

「ふうー」

「なに飲んでんの」

「お母さんがね、しぼったレモンにハチミツを入れた特製ドリンクを作ってくれたの」

「へえ。うまそうだな。ひとくちちょうだい」

と言って、私の返事も待たずにボトルを奪い取った。

「うまっ！」

「え、あ、それって私の飲みかけの」

間接キス……という言葉が頭に浮かんで、瞬時に頬が熱くなる。

顔を赤くする私に水野君も気づいたのか、「ご、ごめん」とあわててボトルを返してきた。

そんなハプニングもあったけれど、それから毎日毎日、私はキツい練習をがんばった。

練習がはじまって二週間が経った頃、ようやく身体が慣れたのか筋肉痛がなくなった。同じ練習をこなしても、前よりクタクタになることもなく、体力もついたような気がする。

「なんか最近やせた？」

朝、偶然一緒になった蓮と電車に揺られながら登校していた。

「あ、わかる？ もうすぐ球技大会があるでしょ？ それの練習をしてるの。コーチがかなりスパルタで、毎朝四時起きなんだよー」

「四時？ 朝に弱い桃が？」

「そうだよー！ 水野君、サッカーのことになると熱くてさ」

「へぇ、水野に教えてもらってるんだ？」

なんだかトゲのある口調。そういえば、蓮は水野君が嫌いなんだよね……。

「でもね、水野君ってほんとはすっごい優しいんだよ！　ぶっきらぼうでクールに見えるけど、根は真面目だし。それにね、サッカーもすごく上手で」

「ふーん、桃はそんなに水野が好きなんだな」

「な、なに言ってんの」

「だって、本当のことだろ？」

そうなんだけど、改めて言われると照れくさいというか。蓮の口から言われると、気まずさしか感じない。

それでも私の顔はまっ赤だった。水野君のことが、どんどん好きになってる。自分でも嫌になるほど。

「ま、あんま無理すんなよな！」

急に静かになった私の頭を蓮はガシガシとなでた。

「も、もう！　やめてよね」

「いいだろー、桃をからかうと面白いし」

「蓮のバカッ。もう知らない！」

プイと顔を背けた。すると、隣の車両にいた瑠夏ちゃんと目が合う。いつもなら、朝会うことなんてめったにないのに。瑠夏ちゃんは私に気づくとにっこり笑って手を振ってくれた。

私も振り返す。

瑠夏ちゃんの隣には水野君がいて、向こうもすぐに私に気づいた。

でも私は、とっさに水野君から目をそらしてしまった。だって、なんだか照れくさかったから。

その日のお昼休み、佐々木君が水野君の所までやってきた。

「今から昼飯食いながら、球技大会の作戦立てるんだけど。水野も参加しろよ」

「はぁ？　なんで俺が」

「サッカー経験者なら、一致団結《いっちだんけつ》しねーと優勝なんて無理だってわかるだろ。サッカーはチームプレイなんだから」

「めんどくせー」

「水野だって、学食の無料券がほしいだろ？　クリスマスメニューがタダで食べられるなんて、レアなんだぞ！」

佐々木君はバンッと机に手をついた。どうやら、そこまでして優勝したいらしい。

「バカみてー」

「み、水野君……なにもそこまで言わなくても。それに、みんなも乗り気だしさ。一緒にがんばろ？」

私だってここまでがんばってるんだ。どうせなら結果を出したい。

「そうだそうだ！　水野がいれば、百人力なんだからな」

佐々木君が私の言葉に大きくうなずく。ほとんど話したことがない人だけど、騒がしくて頼もしい人だ。

「うるさいのがふたりに増えたな」

冷たくそう言いはなって、水野君は席を立った。そして教室を出ていく。

なにもそんな言い方をしなくても。仲よくなれたと思っていたのは、私だけだったのかな。だったら、すごくショックだ。

迷いながらも、私は花壇の前に向かった。

「なんだよ？　まだなにか言い足りないのか？」

水野君は無表情で私に言う。まだ不機嫌なのが丸わかり。

「違うよ、水野君が言ってくれたんじゃん。ここでお昼を食べるって。だから来たんだよ」

「いいのかよ、ほかの男とふたりきりになって」

「なにそれ、どういう意味？」

「須藤、だっけ？　付き合ってるんだろ？　朝、すっげーいい感じだったよな」

　ヒヤリとするほど冷たい視線を向けられた。出会った頃みたいに、人を寄せつけないようなオーラをはなっている。

「なに言ってんの、前にも言ったけど、蓮とはそんなんじゃないから」

「隠さなくてもいいから。毎朝一緒に登校してるんだろ？　夏祭りの時も、途中でふたりで消えたもんな」

「だから、そんなんじゃないって」

「ふーん、ま、夏目のことなんてどうでもいいけど」

　グサッと胸に突き刺さるキツい言葉。わかってるよ、そんなこと。いちいち言わないでよ、水野君に言われるとすごく傷つくんだから。

「私、戻るね。なんだか、怒ってるみたいだし」

　一緒にいるのが気まずくて、私は来た道を引き返す。不機嫌な水野君とは、一緒にいたくない。

　これ以上傷つくのは嫌だ。

「待てよ」

　うしろから力強く腕をつかまれた。

「な、なに？」

振り返るとすぐ近くに水野君の顔があった。その距離の近さとつかまれた腕を意識して、瞬時に顔が赤くなる。

「ごめん、なんだか自分でもわかんねーけど、今朝夏目が須藤といるのを見てからずっとイライラして……。今、お前の顔、見たくないって思った」

えっ？

それって……。

「でも本当は見たくないわけじゃなくて……わっかんねーんだよ、自分でも。なんで今、お前を引き止めたのか。わかんねーんだ……」

水野君の顔はまるで泣き出しそうな子どもみたいだった。

次の日の朝、同じように五時前に公園に着いた。

今日は土曜日だから、学校は休み。それだけで、ずいぶん気が楽。

昨日の水野君のあの態度は、なんだったんだろう。一晩考えてみたけど、よくわからなかった。

おかげで今日は寝不足だけど、不思議なことにそこまで眠たくはない。

あれ？

いつも先に来て走り込みをしたり、シュート練習をしていた水野君。

その水野君が、今日はいない。

水野君にしてはめずらしく、寝坊でもしたのかな。

のんきにそんなことを思いながら、もう日課になっているランニングを開始する。

走り終え、汗をふきながらスマホを確認してみたけれど、水野君からの連絡はない。

もしかして、なにかあったの……？　だって、ここまで走ってきてるって言ってたし。もしかして、途中で事故にでも遭ったとか……？

そう思ったらいてもたってもいられなくなって、すぐさま電話をかけた。

呼び出し音がスマホの中でこだまする。でも私のすぐうしろで、ピリリリリという大きな音がした。

え？

振り返ると、いつのまにかそこには水野君が立っていた。

「き、来てたの？　声、かけてよ」

水野君のもとへ走り寄り、無事を確認すると一気に気が抜けた。

「わり、なんか今日はいつもよりダルくて」

そう言った水野君の目はいつもよりトロンとしていて、気のせいなのか顔が赤い。

いつもは乱れていない呼吸も、今日はハァハァと苦しそうで肩で息をしている。

「だ、大丈夫？」

「なんか……夏目の顔見たら……ホッとした……っ」

水野君は少しはにかんだように笑う。

でも、そう言い残して、水野君はドサッとその場に崩れ落ちた。

えっ？

「ど、どうしたの……？　水野君！」

その場にしゃがんで水野君に声をかける。だけど顔をゆがめて苦しそうに息をして、
私の声にはまったく反応しない。

「ちょっと、ねぇ！　大丈夫……っ？」

試しに水野君の肩に触れてみた。

「んっ」

小さく反応はあったけど、それでも意識は戻らない。目を閉じたままツラそうに眉
を寄せている。

今度はおでこに触れてみた。

「あ、熱っ」

もしかして、熱がある……？

身体の不調を感じながらも、練習のためにここまで走ってきたの？

「バカ、だよ……っ。なにやってんの」

水野君にもしものことがあったら、どうしよう。私のせいだ、私の……。

涙があふれそうになったけど、泣いてる場合じゃない。私がしっかりしなきゃ。

動揺しながらも、震える手でスマホを操作して蓮に電話をかけた。


「とりあえず、これで大丈夫だ」

「ほ、ほんと？」

「ああ。ここ最近かなり寒くなってるし、ただの風邪《かぜ》だろう。熱が下がれば、意識もすぐに戻るよ」

あれからすぐに蓮と蓮のお父さんが駆けつけてくれて、車で水野君を蓮の家に運んでくれた。蓮のお父さんはお医者さんで、今日は休みでたまたま家にいたらしく、事情を聞いて一緒に来てくれたのだ。

「よ、よかった……」

ホッとしたら一気に気がゆるんで、張りつめていた緊張の糸が切れた。じわじわと目に涙が浮かんで、流れ落ちる。

水野君にもしものことがあったら、どうしようかと思った。

でも、なにもなくてよかった。ほんとによかった。

「それにしても、この子はよく身体を鍛えているな」

「え？」

「ここまで綺麗に筋肉を整えるのは、プロでも難しい。脂肪《しぼう》もほとんどないし、インナーマッスルがよく発達していい身体をしているよ。相当努力してるんだな」

蓮のお父さんはスポーツ外来専門だから、プロ選手の身体もたくさん診察《しんさつ》している。

「水野君は……中学の時クラブユースの選手だったの。理由があってやめちゃってからは、サッカーはしてないみたい……」

「いや、この子の身体は間違いなく現役《げんえき》でスポーツをしている身体だよ。やめた今でも、毎日トレーニングしてるんだと思うぞ。それほどサッカーが好きなんだろう」

おじさんの言葉が深く胸に刺さった。

水野君は今でも、蒼君との夢をあきらめていない。そう言われているみたいだった。しばらくの間、涙が止まらなくて。気づくと蓮が私のすぐそばで頭をなで続けてくれていた。

水野君は薬が効いたのか少し前から熱が下がりつつある様子。見ている限りでは、呼吸もずいぶん楽になった。

お昼を過ぎてしばらく経つと、蓮は塾へと行ってしまった。私は片時《かたとき》も離れることなく、水野君のそばにいた。

蓮の部屋はこざっぱりとしていて、とても綺麗に整っている。部屋に入ったのはすごく久しぶりで、懐かしかった。時々おじさんが様子を見にきてくれたり、おばさんがご飯を持ってきてくれたり。昔から私のことを本当の娘のようにかわいがってくれるふたり。

そして見ず知らずの水野君のことも、すごく心配してくれている。

水野君が目を覚ましたのは、それから二時間ほど経ってからのことだった。

「なつ、め……？」

「水野君っ！　よ、よかったぁ！」

無意識のうちに水野君の手をギュッと握っていた私は、その手をさらにキツく握りしめた。

「俺……どうして。ここ、は？」

ひどく混乱《こんらん》している様子の水野君。見覚えのない場所に、すごくとまどっている。

まだ熱があるせいか、ツラそうだ。

「ここは蓮の家だよ。朝、私の目の前で、突然倒れたんだよ……っ。すごくすごく、すごーく心配したんだからねっ」

「は？　須藤の、家？　倒れたって、俺が？」

「そうだよ、熱があるのに無理して走ってきたりするから。体調が悪いなら、連絡してくれればよかったのに。バカだよ、水野君は……」

なんでそんな無茶をするの？

「ほんとはサッカーが大好きなくせに……意地っ張りだよ、水野君は。毎日、自主練してるんでしょ？　蓮のお父さんが言ってたよ、毎日鍛えている身体だって。好きなくせに、どうしてそんなにツラそうなの？　苦しそうなの？　そんな水野君は、見てられないよ」

「俺には、もう……サッカーをやる資格なんてないんだよ……」

苦しそうに絞りだされたその声。

「なんで？　そんなことっ」

ないよ。そう言おうとして、言葉に詰まった。だって、水野君の目に涙が浮かんでいたから。

「俺、知ってるんだよ。あいつが、蒼が……病気だってこと。蒼がクラブユースをやめてしばらく経った頃、偶然、監督たちが話してるのを聞いたんだ……」

水野君の目から涙がこぼれ落ちた。ツラさや苦しさ、切なさ、悲しみ。さまざまな感情が混ざりあって、私まで胸が苦しい。

「俺……病気のことを知る前に、蒼にひどいこと言って傷つけたっ。俺、あいつに『サッカーをやめるってことは、死ぬのと一緒だ。生きてても意味ないだろ』って。そう言ったんだっ。病気の話聞いて、俺は、あいつになんてことを言ってしまったんだって……病気で苦しんでたあいつに、死ねって言ったようなもんじゃねーかってっ。あいつがどれだけ、サッカーを好きだったか……俺が一番よく知ってたのに。人として、言っちゃいけないこと言って、傷、つけた……っ」

途切《とぎ》れ途切れに話す水野君は、腕で顔をおおって泣いていた。ワナワナと唇を震わせながら。視界がボヤけて、必死に唇をかみしめる。でも涙をこらえきれなくて、頬に熱いものが流れた。

「だから……俺は、俺には、もうサッカーをやる資格なんて、ねーんだよっ。できるわけ、ねーだろ。あいつの心を、踏みにじった俺に……」

初めて聞かされる水野君の本心。水野君がサッカーをやめた理由は、自分への戒《いまし》めのためだった。

涙が止まらなかったけど、私はずっと水野君の小さく震える手を握りしめ続けた。

私が安易になにかを言っていいはずがない。そんなことはわかってる。でもひとつだけ言いたいことがある。

「き、きっと蒼君は、そんなふうに言ってしまった水野君の気持ちも、ちゃんと理解してると思うっ。だって、親友なんでしょ……？　だったら、ちゃんとわかってくれてるよ」

サッカーをやめることになって苦しんでいた蒼君。病気でツラかったのかもしれない。苦しかったのかもしれない。でも一番悲しかったのは、水野君と一緒にサッカーができなくなったことだと思うんだ。だからこそ、そう言ってしまった水野君の気持ちも、わかってくれているはずだよ。

「夏目には、わかんねーよっ。俺の、気持ちなんてっ。わかって、たまるかよ」

水野君は声を震わせながら嗚咽を我慢してそう言った。たしかに私にはわからないかもしれない。全部をわかってあげられないかもしれない。

「でも、私はわかりたいって思うっ。知りたいよ、水野君のこと……」

「なんでだよ、なんでそこまで、俺のこと」

「わ、私は、水野君のことが好きだから……っ。だからっ」

どさくさにまぎれて言ってしまった。こんな時に言うなんて、非常識だとも思った。でも伝えずにはいられなかった。水野君が本音で話してくれているのに、私も本音で向き合いたかった。

水野君は腕で顔を覆っていて、どんな表情をしているかはわからない。

お願いだから、早く、なにか言って。

「バーカ。わかって……たまるか、よ」

だんだんと小さく遠くなるその声。しばらくすると、水野君は寝息《ねいき》を立てはじめた。

「えっ？　まさかの、寝落ち？」

ウソでしょ？

でも、仕方ないか。熱があるうえに、こんなに泣いて本音を言ったんだ。無理をさせちゃったかな。


水野君が次に目を覚ましたのは、日曜日の朝だった。蓮のお父さんが彼の家に連絡をして、眠ったまま運ぶのも大変だからと泊まらせることになったのだ。

心配で心配で早くに目が覚めた私は、スウェット姿のまま蓮の家へ向かった。

「蓮、おはよ。どう？　水野君は」

「ああ、もうすっかり元気だよ」

「ほんと？　よかったぁ。あ、お邪魔しまーす」

玄関から廊下を突っ切り、リビングへと向かう。

そこに蓮の両親の姿はなく、食卓についている水野君。蓮も朝ごはんを食べている最中だったらしく、食べかけのご飯と味噌汁、焼き鮭《ざけ》に納豆《なっとう》、出し巻き玉子が食卓に並んでいた。

「お、おはよう！　もうよくなったの？」

私はすかさず水野君の向かい側に座った。お茶碗《ちゃわん》を片手に、ご飯を口に運ぶ水野君。

「ああ、おかげさまで。夏目にもいろいろ迷惑かけたみたいで、悪かったな」

「ううん、そんなことは全然いいんだけど」

それよりも、昨日のことが気になる。

「まぁ、実際に迷惑をかけられたのは俺だけどな」

蓮が嫌味《いやみ》っぽく横から口をはさんできた。ムッとしながら、豪快《ごうかい》にご飯をかきこむ。

「蓮ってば、子どもみたいな食べ方しないの。それに、そんなこと言わない」

「へいへい、わかってるよ」

「へいへいって、わかってないよね？　絶対に」

なんだか、バカにされてる気しかしないんだけど。

「悪かったよ、迷惑かけて。今度、うちの親がちゃんとお礼したいって。ごちそうさま、うまかった。おばさんにお礼言っといて」

「え？　ああ、まぁ、べつに迷惑だとは思ってねーよ。困った時はお互いさまだしな。それより、もう帰るのかよ？」

立ち上がり、水野君は自分の荷物を持って出ていこうとする。

「そ、そうだよ、水野君。もう少しゆっくりしていけば？　まだ万全《ばんぜん》じゃないでしょ？」

「や、でも、悪いし。これ以上迷惑かけられねーよ。それに、須藤は今日は予定があるんだろ？」

「ああ、つっても、塾だけど」

「自分ちで休んだほうが俺も気が楽だし、やっぱこのまま帰るわ。ありがとな」

「水野君、まさか走って帰るつもりじゃないよね？」

「…………」

急に黙り込む水野君。やっぱり、走って帰るつもりだったんだ。

「蓮、私、水野君を家まで送ってくるから！　じゃあね！」

ふたりで蓮の家をあとにする。荷物を取ってこなきゃ。そしてスウェット姿で電車に乗るわけにはいかないので、着替えなきゃ。

「うち、ここなの。着替えてくるから、中で待っててくれる？」

「俺、走って帰れるけど？」

「なに言ってるの、病み上がりなのにっ！　水野君って、やっぱりバカだよね？」

「うっせーな、夏目には言われたくねーよ」

ムッと唇をとがらせる水野君。でも、もう怖くはない。

「とにかく、ダメだからね。今日だけは、私の言うこと聞いてもらうよ」

めずらしく水野君は素直に私の言葉に従った。

着替えをすませてから家を出て、駅に向かう途中で公園に立ち寄る。

「水野君、帰って休まなきゃ！」

「いいだろ、じっとしてたら身体がなまって仕方ねーんだよ」

「もう！」

水野君はスタスタと公園の中を歩いてグラウンドへと向かう。病み上がりだというのに、隅に置いてあった忘れ物のサッカーボールを足で蹴り上げ、リフティングをはじめた。

トントンと軽快な音を立てながら、ボールを自由自在に操《あやつ》る水野君。時には頭でヘディングをしたり、そのボールを足へと戻したり。一度も落とすことなく、まるで足にボールが吸いついているかのよう。

「す、すごい……」

簡単そうに見えるけど、ここまで続けるのってすごい技術だよね。相当うまくなきゃ、できないはず。

水野君はなにもなかったようにケロッとしているし、昨日のことは熱のせいで意識がもうろうとしていたこともあって覚えていないんだろう。

じゃなきゃ、こんなに普通にしていられないはずだよね。

私の告白も、なかったことになっちゃったな。

でも、昨日の水野君の涙はまぎれもなく本物だった。あの言葉だって、きっとウソじゃない。水野君は今でも苦しんでいるんだ。

だって、ボールを蹴りながら泣きそうな顔をしている。今の水野君にとって、サッカーはツラいものでしかないのかな。

好きなものがツラいものに変わるなんて、私には耐えられない。

「夏目って、よくあいつんちに出入りしてんの？」

水野君は、リフティングをしながら器用に私に視線を向けてくる。

「あいつんちって、蓮のこと？　小学生の時は毎日のように行ってたけど、最近は全然だよ。塾で忙しいみたいだし」

「ふーん」

「なに？」

なぜかちょっと不機嫌そうなんだけど。

「べつに、なんでもねーよ」

プイと顔をそらされた。なんだかよくわからなくて、ちょっとモヤモヤ。

顔が赤らんでいるようだけど、やっぱりまだ熱が残っているのかな。

それでも私は気にかかっていた疑問をぶつけてみた。

「ねぇ、水野君！」

「なんだよ？」

「サッカーが……好き？」

「はぁ? なんだよ、いきなり」

「いいから、答えて!」

「好きとか嫌いとか、そんなレベルじゃねーんだよ」

よくわからない答えだけど、肯定の意味としてとらえていいのかな。

軽く二十分は経っているけど、リフティングはまだ続いている。

「じゃあ、瑠夏ちゃんのことは……好き?」

「えっ? は?」

初めて水野君が動揺してみせた。足もとが狂ったのか、ボールがあらぬ方向へ飛んでいってしまう。そこでリフティングは終わった。

「夏目、お前マジでなに言ってんだよ」

険しい顔で、水野君がこっちに歩いてくる。そして上から私の顔を見下ろす。でもその目は、明らかに動揺していた。

「好き、なんでしょ? 瑠夏ちゃんのこと。水野君の顔に、そう書いてあるもん」

ああ、私はなにを言ってるんだろう。自分から傷つきにいくなんて。でも、私の頭の中は昨日の水野君の泣き顔でいっぱいなの。

私にできることはなんだろう、どうにかしてあげたいって思った。よけいなことをするなって言われるかもしれない、でももう水野君のツラそうな顔は見たくないんだ。

「それに、会いたいんでしょ？　蒼君に。会いにいこうよ」

「俺が蒼に会いたい？　そんなわけ、ないだろ。瑠夏のことだって、なんとも思ってねーよ」

「だったら、ちゃんと私の目を見てそう言ってよ。このままなにもしないでいたら後悔するって教えてくれたのは、水野君だよ？」

　後悔してるんでしょ？

　本当は謝りたいんでしょ？

　でも動けずにいる。だから苦しいんだ。

「よけいなことを言ってるってわかってる。でも私は、水野君には笑いながらサッカーをしてほしいと思ってる。水野君の心からの笑顔が見たいんだ」

「マジでよけいなお世話だし。もう俺に関わるんじゃねーよ。夏目といると、感情が揺さぶられて、すげー疲れる」

「そ、それは、私の言ったことが図星《ずぼし》だからなんじゃないの？　水野君だって、本当はわかってるんだよね。このままじゃダメだって」

「俺帰るわ。これ以上夏目と話したくない」

「に、逃げるの？　水野君のバカ！　弱虫！　意気地なし！　そうやっていつまでも逃げ続けるの？」

無言で遠くなっていく水野君の背中に私は叫んだ。もうどう思われたっていい。嫌われてもいい。そんな気分だった。

だけど水野君が答えてくれることはなく、私の前から姿を消した。

後悔だけはしたくない

「はぁ」

案の定、次の日の朝に水野君が公園に来ることはなかった。途中で投げ出したくなかった私は、いつも通りグラウンドを五周して、そのあとドリブルしながらさらに三周走った。

途中で雨が降ってきたけど、ずぶ濡れになりながらシュート練習を続ける。

昨日家に帰って冷静になったら、水野君に言ったことをだんだんと後悔しはじめて。今ではあれは正しかったのかなって、疑問に思ってしまっている。

バカはなかったよね、バカは。もっとほかに言い方があったよね。それに、ほかにもかなりキツいことを言ったと思う。

ああ、私のバカ。バカバカ、ほんとバカ。

どんな顔して水野君に会えばいいの。

ずぶ濡れで家に帰ると、お母さんにすごく心配された。シャワーを浴びて髪を乾かし、制服に身を包んで家を出る。

雨はさらに激しくなって、朝からかなりの冷え込みだった。電車に乗っていても、学校までの道のりを歩いていても、頭にあるのは水野君のことばかり。

学校に着くと、ドギマギしながら教室に向かった。一番に目につくのはやっぱり水野君の席。だけど、よかった。まだ来ていないみたい。

そういえば、風邪はもう大丈夫なのかな。またぶり返したりしてない？

病み上がりの水野君はただでさえ弱っていたのに、さらに苦しめるようなことを言ってしまった。

でも、間違ったことは言ってないと思うんだ。

「夏目さん、おはよう」

「え？ あ、佐々木君！ おはよう」

朝から爽やかな笑顔を浮かべる佐々木君。

「水野のやつ、サッカーやる気ないのかな？ 作戦会議にも出ねーしさ。明日から、昼休みにみんなで練習しようっつってて。水野にも参加してほしいんだけど」

「うーん……どうなんだろう」

「まあ、あきらめずに、今日も誘ってみるよ。だから、夏目さんもフォローよろしく！」

うんと返事はしたものの、私なんかの言葉を聞くような水野君じゃない。

ああ、こんな時に瑠夏ちゃんがいてくれたら、水野君は素直に聞くんだろうな。

ガタッ。

隣から音がした。恐る恐る振り向くと、そこには水野君がいた。

「お、おはよう」

目が合ったので挨拶をしてみる。でも、水野君が返してくれることはなかった。

「風邪、大丈夫？」

それでも負けじと話しかける。今の私にできることは、情けないけどそれくらいしかない。水野君はもう、私のことさえも見てくれない。

予想していた反応だけど、目の当たりにするとかなりキツい。まるで出会った頃のように、水野君は心を閉ざして私のことを遠ざけようとしている。


次の日も、その次の日も、水野君の態度は変わらなかった。

話しかけても徹底的に無視されるし、最近では教室にいることが少なくなった。

きっともう、私とは関わりたくないんだ。

水野君の心の傷は、私が考えているよりも深くて重い。

瑠夏ちゃんは私なら水野君を変えられるって言ってくれたけど、無理だよ。

放課後、私はまたおばあちゃんの病室にいた。打つ手がなくなってどうすればいいかわからなくなった時、頭におばあちゃんの顔が浮かんだ。

そしたら急におばあちゃんに会いたくなって、お見舞いにきたってわけ。

「なにかあったのかい？」

「え？」

「いつもより元気がないし、悩みがあるような顔をしているからね」

おばあちゃんが優しく私に笑いかける。骨折してから、今もずっと入院生活を続けているおばあちゃん。

「学校にね、好きな男の子がいるの。その人は今、とても苦しんでいて。私、見てられなくなって、よけいなことを言っちゃったの。そしたら、嫌われちゃったんだ。私が言ったことは、間違っていたのかな……？」

そんなこと、おばあちゃんに尋ねたってわかるわけがないのに。でも、誰かに言いたかった。聞いてほしかった。

「よかれと思って言ったんだろう？　じゃあ、桃ちゃんがしたことは、正しかったんだよ。たとえ間違っていたとしても、謝ればすむことだ。それができるのが、ばぁちゃんの自慢の優しい桃ちゃんだ」

「おばあ、ちゃん……」

「動物と違って、人間は話し合うことができる生き物だ。相手のためを思って言ったことは、必ず心に届いているはずだよ」

「そう、かな？」

水野君の心に、私の言葉は届いてる？

「桃ちゃんはまっすぐな子だからね。そのまっすぐな思いは、相手にも必ず伝わっているよ」

おばあちゃん……。

なんでいつも、私がほしい言葉をくれるの。おばあちゃんの優しい言葉が胸に温もりを与えてくれる。

やっぱりおばあちゃんはすごいや。

「おばあちゃん、ありがとう。私、がんばるね」

「ああ、桃ちゃんなら大丈夫。絶対に大丈夫だからね」

おばあちゃんと話して元気が出た。

私の声はきっと水野君の心に届いているはず。

だったら、後悔する必要なんてない。私は私のやるべきことをやったんだ。

たとえ、嫌われようとも。

おばあちゃんの病室を出たあと、向かいの病棟へ寄ってみた。窓からは西陽《にしび》がさしこんで、あたりはオレンジ色に染まっている。

私は一番奥の個室の前で足を止めた。そこは蒼君の病室。中からは人の気配がしなくて、ピッピッという規則正しい機械音が聞こえてくるだけ。

蒼君がこのまま目を覚まさなかったら、どうなるんだろう。

水野君も瑠夏ちゃんも、苦しみから解放されないままなのかな。

ねぇ、蒼君。私たち、おせっかいなところが似ているらしいよ。似た者同士の私たちは、きっと考え方もすごく似ているんだと思う。

水野君の親友であり、瑠夏ちゃんの好きな人でもある蒼君。私もきみと仲よくなってみたい。

だからお願い……目を覚まして。

このままでいるのはよくないって、蒼君もわかってるでしょ？

水野君と瑠夏ちゃんのためにも、早く目を覚ましてよ。

じゃなきゃみんなが、ずっと苦しいままだよ。

水野君が苦しいと私も苦しい。水野君にも瑠夏ちゃんにも、笑っていてほしいんだ。

だからお願い……蒼君も現実から目を背けないで。目を覚ましてください。水野君の笑顔を取り戻せるのは、きっときみしかいないから。

そう祈った。

次の日のお昼休み。

「おい、水野ー。いい加減、観念して作戦会議と練習に出ろよなー！　お前がいないと勝てねーんだよ、隣のクラスには！」

毎日のように佐々木君が水野君を説得している。球技大会はいよいよ、来週に迫っていた。

私も一応自主練をしているけど、ひとりでやるには限界があるので、最近では昼休みの練習に参加したりしなかったり。

佐々木君がわかりやすく女子にも教えてくれるので、昼休みはサッカーに出場するほとんどの男女メンバーが集まって練習をするようになった。

その中で唯一《ゆいいつ》、水野君だけがいない。

「水野ー、聞いてんの？　夏目さんも、なんか言ってやってよ」

「え？　あ、えと。わ、私も最近みんなと練習してて！　とくに佐々木君はとてもわかりやすく教えてくれるんだよ。水野君も一緒にやろう？　楽しいよ！」

いきなり話を振られたせいで、自分でもなにを言っているのかわからなくなった。こんな感じでよかったんだろうか。

いつもなら顔も見ずにどこかへ行ってしまう水野君。でも、今日は違った。鋭い目で私をにらみ、小さく口を開いた。

「なに浮かれてんだよ。バカじゃねーの」

冷たくそう言いはなって席を立つ。ズキンと胸が痛んだ。

「ま、待ってよ！」

教室を出た水野君のあとを追って、とっさに制服の裾をつかんだ。引き止めてなにを言うかなんて考えてない。でも身体が勝手に動いていた。

「なんだよ？」

足を止めて水野君が振り返る。その顔はどこか不機嫌そう。そして、迷惑そう。ど、どうしよう。

「あ、えっと。引き止めたものの、話すことを考えてなかった……」

えへっと、わざとらしい愛想笑いを浮かべてごまかす。

「はぁ？　人のことをさんざんバカだって言っといて、それかよ」

「うっ、だって」

久しぶりにこっちを見てくれたことがうれしかったんだもん。

「練習も楽しそうでよかったな。これからは、佐々木に手取り足取り優しく教えてもらえば？」

「え、あっ、ちょっと」

勢いよく腕を振り払われたかと思うと、キツく私をひとにらみしてから水野君は行ってしまった。

今までに見たこともないような冷たい瞳。怒っているようなくぐもった声。

もう完璧に嫌われてしまっている。その事実を改めて突きつけられ、胸がはりさけそうなほど痛かった。

これ以上、なにをどうしろっていうの。私はそこまで強い心を持っていない。

もう関わらないほうがいいのかな。

そのほうが水野君も苦しまないですむのかもしれない。中途半端に私が関わったせいで、傷をえぐることになってしまった。

ここまで水野君を追いつめたのは私だ。

そう考えたら、じわじわと涙が出てきた。でも、こんな所で泣くわけにはいかない。泣きたくなんかない。

下を向きながら涙をこらえ、その場から駆けだした。走っている途中で涙が頬にこぼれ落ちたけど、制服の裾で何度も何度もそれをぬぐった。

その日、お昼休みが終わっても水野君は教室に戻ってこなかった。カバンはあるから、まだ校内にいるとは思う。

「目赤いよ？　大丈夫？」

心配そうに私の顔を覗き込む皐月。私は顔を見られないように下を向いた。

「全然そんなふうに聞こえないからっ！　よしっ、今日はパーッと行こ、パーッと！」

「パーッと？　どこ行くの？」

「そりゃあ、もちろん！」

なかば強引に皐月に連れていかれたのは、高校の最寄り駅近くのカラオケ店だった。

皐月はマイク片手にノリノリでタンバリンを鳴らしながら、今流行りのアイドルグループの曲を熱唱《ねっしょう》している。

楽しそうだなぁ。

そんなことをぼんやり思いながら、頭にあるのは水野君のこと。あれから、ちゃんと教室に戻ってきたのかな。

って、ダメダメ。もうやめる。関わらないって決めたんだ。

いくら考えないようにしてみても、頭の片隅にちらつく水野君の顔。

こんなにも気になって仕方がないのはどうして？

水野君のことを想うと、胸が締めつけられて苦しくなる。

どれだけ嫌がられても、ごめんなさい。

私はまだ……水野君のことがすごく好きみたい。

「はぁ、楽しかったねー！　久しぶりに歌ったー！」

「皐月、声ガラガラだよ」

「だーって、桃ったら全然歌わないんだもん。私が歌って、盛り上げるしかなくない？」

「あはは、ごめんごめん。そんな気分になれなくてさ。でも、楽しかったよ！　ありがとう」

「そう？　ならよかった」

皐月が心配してくれているのがひしひしと伝わってきて、温かい気持ちになる。

そのあと皐月とファストフード店に入って、食欲がなかった私は飲み物だけ購入して窓際の席に着いた。

いろいろつっこんで聞かれるかと思ったけど、皐月はあたりさわりのない話をして私のことには一切触れてこない。

気を遣ってくれているんだよね。ありがとう、皐月。

「ねぇ、あれって水野君じゃない？」

「え？」

皐月はポテトをつまみながら、窓の外の一点を見つめている。同じように私もそこに目を向けた。そこにはガラの悪い男子三人に囲まれている水野君の姿があった。水野君の両腕を左右からがっしりつかんで、路地裏《ろじうら》へ引っぱりこもうとしているように見える。

「もしかして、絡まれてる？　なんだか、ヤバそうな雰囲気じゃない？」

皐月がポツリとつぶやいた。

「水野君、愛想悪いから突っかかっていきそうだよね」

「だ、だね！　どうしよう、皐月……！」

「とりあえず、ここを出よう」

私たちは急いでお店を出た。さっきまで水野君がいた所までダッシュで向かったけど、そこに人の気配はない。

このまま奥へ進むと、そこはちょうど駅の裏手側で人通りも少なく、人目につきにくい場所。暗くて、正直すごく怖い。

「どうする？」

「わ、私、行ってくる！　危ないから皐月はここにいて！」

「桃ひとりを行かせられないよ！　待ってて、誰か呼んでくるからっ！」

「あ、ちょっと皐月……！」

皐月は駅のほうに向かって駆けだした。どうしよう、どうしよう、どうしよう。オロオロして落ち着かない私。

ただじっとしているだけのこの時間がすごくもどかしい。皐月はなかなか戻ってこないし、水野君のことが気になって仕方がない。今こうしている間にも、水野君になにかあったらと思うと、身体が勝手に動いていた。

路地の奥へと駆け足で突き進む。ところどころ細い分岐《ぶんき》になっていて、入り組んでいる。行き止まりの場所があったりもして、ややこしかった。

どこ？

どこにいるの、水野君！

またおせっかいだって言われちゃうかな。

でも、でもね。

きみのことを想うと身体が勝手に動くんだから、仕方ないじゃん。


「ざけんなよ、てめぇ！」

「生意気なんだよ、にらみやがって！」

荒ぶる声が聞こえた。遠くのほうで、地面にうずくまりながら人が倒れているのが見える。その周りを、取り囲む男たち。

さっき見た人たちに似ているような気がする。

ま、まさか。倒れているのは、水野君……？

恐怖から動悸がした。足がガクガク震えている。でも、私は走るのをやめなかった。

「おら、なんとか言ってみろよ！」

男が足を振り上げた。そして横たわる水野君のお腹めがけて蹴りを入れる。

ドカッ。

大きな音は私の所まで届いた。直視できなくて、思わず顔をそらしてしまった。

「少しは抵抗しろよ、やられっぱなしで恥ずかしくないのか？」

「殴《なぐ》られても顔色ひとつ変えないなんて、たいした根性してるよな」

「マジでムカつくわ、こいつ」

お腹や背中、あらゆる所に蹴りを入れながら男たちは笑っている。そして、ひとりの男が水野君の足を上から思いっきり踏みつけた。

「うっ」

小さくもれるうめき声。痛そうに水野君が顔をゆがめた。

「お、効いてるみたいだな。おい、足を狙え」

そう言って不気味にほくそ笑む男。

「ダ、ダメッ！」

声が震えている。手も足も、自分でもわかるくらいガクガクブルブル。動悸はさらに激しさを増して、頬が上気している。

はぁはぁと肩で息をしている私。ひとりの男の足が、水野君の足を踏みつけているのを見てカッとなった。

「や、やめて！」

男の足を振り払い、水野君の足をかばうようにしておおいかぶさる。そして、ギュッと目を閉じた。とっさに出てきてしまったものの、やっぱり私だって怖い。

固くて冷たいアスファルトの上。思いっきり膝をついたせいか、ズキズキと痛む。

「なつ、め……？」

水野君が小さな声でささやいた。

「なにこの女」

「さぁ、頭おかしいんじゃね？」

「どけよ、てめぇ！　邪魔なんだよ！」

男の怒声《どせい》がキンキンと頭に響く。

「どきません！」

怖くてたまらなかったけど、男の声に負けないほどの大きな声が出た。

「痛い目に遭いたいのかよ！」

「てめぇごとやっちまうぞ」

「そうしてもらって結構ですっ！　だから、水野君には手を出さないで！」

水野君の大事な足を傷つけないで。

「なんなんだよ、マジでこの女」

「普通ここまでするか？　こっわー」

「よっぽど痛い目に遭いたいんだろ。こいつごとやっちまうぞ」

「マジでー？　俺、女を蹴る趣味とかねーんだけど」

「うだうだ言ってねーで、さっさとやるぞ」

「わ、わかったよ。仕方ねーな」

言葉で通じる相手じゃなさそうだ。私も覚悟を決めなきゃ。迫りくる衝撃に耐えようと、必死に唇を噛みしめる。

そして水野君の両足にしがみついて、ギュッと力を込めた。

絶対に守ってみせる。そう、願いを込めて。

「おま、え。マジで、バカだな。なに、してんだよ。逃げろって。俺のことなんか、ほっとけよ」

苦しそうに声を振り絞る水野君。

私はブンブンと大きく首を横に振った。

「逃げないよ！　絶対に」

「なん、で……っ」

「ここで逃げたら、もう二度と水野君と向き合えないような気がするから」

「バカじゃ、ねーの」

「いいよ、バカでもなんでも」

男が足を振り上げたのが気配でわかった。

蹴られる……！

そう思った瞬間、それまで無抵抗だった水野君がいきなりガバッと起き上がった。

そこからはあまりにも一瞬の出来事で。

気づくと私の身体は水野君の両腕によってキツく抱きしめられていた。

ドカッ。

鈍い音がしたけれど、私の身体はどこも痛くない。

代わりにすぐそばで水野君が苦痛に顔をゆがめた。私の身体はすっぽり水野君におおわれていて、さらには後頭部を引き寄せられた。胸に顔をうずめる形になる。

「み、水野君っ、なんで⁉」

苦しいやら、恥ずかしいやら、怖いやら。でも、水野君の腕の中はとても温かい。

「うっせー、黙れ。べつに俺なんか、どうなってもよかったのに」

力強くギュッと私を抱きしめるその腕が、小さく震えている。

「女の前だからって、気取ってんじゃねーよ！」

「カッコつけてるわりには、震えてるけどな」

「はは、カッコわりー」

「うっせーな、さっきからごちゃごちゃ言いやがって」

今までに聞いたことがないほどの低い声。水野君からものすごく殺気《さっき》立ったオーラがはなたれ、そばで聞いていた私も思わず震え上がりそうになった。

本気で怒っているってことなのかな。だとしたら、今までの水野君とは全然比べものにならない。今までは本気じゃなかったんだ……。

「おまわりさん、こっちです！　こっち！」

その時、遠くから声がした。

「あそこですっ！　人が倒れてる！」

「こらー、お前ら！　そこでなにやってる！」

女の人と大人の男の人の声。そのどちらも、聞いたことのない声だった。

誰かが、助けを呼んでくれた？

「うっわ、やべっ！」

「ちっ」

「おい、行くぞ！」

男たちはあっという間に私たちの前から走り去った。

「桃！　大丈夫？」

皐月が駆け寄ってきた。

水野君の身体がゆっくり私から離れる。足に力が入らなくて、立ち上がることができない。

皐月はよっぽど全力で走ってきたのか、いつもかわいくセットしている髪の毛が乱れている。

膝に手をつきながら、はぁはぁと苦しそうに息を切らす皐月。

「心配、したんだからね」

「ご、ごめん。助けを呼んでくれてありがとう。おかげで助かったよ」

だけど、でも、あれれ？　一向におまわりさんがやってくる気配はない。たしかに声がしたと思ったのに。

「ああ、あれね。アプリだよ、アプリ！　交番を探している途中で、スマホに入れてた防犯《ぼうはん》アプリの存在を思い出したの。で、使ってみたってわけ」

アプリ？

「おまわりさんの声、リアルだったでしょ？　セリフのパターンがたくさんあって、その場に応じた内容を選ぶことができるの。パトカーのサイレンの音とかもあるんだよ」

「へぇ、すごいね……」

そんなアプリがあるんだ。

「このアプリ、使うことないなって思ってたけど役に立ってよかったよ」

皐月はまだ心配そうな顔を浮かべている。皐月のおかげで助かった。

「ちょっと水野君！　桃になにかあったら、一生許さなかったところだよ！　なんでこんなことになったのかはわからないけど、もう少し考えて行動してよね！」

めずらしく皐月がムキになって水野君につっかかる。水野君はそれを無表情に聞いていた。そんな水野君がなにを考えているかなんて、全然わからない。

「さ、皐月、私が勝手に行動を起こしたんだよ。水野君はなにも悪くないって」

「桃は黙ってて。桃はね、大事な親友なの！　傷つけたら、許さないんだからねっ！」

「皐月……」

ありがとう。私のこと、そこまで心配してくれて。でもこの件に関しては、悪いのは私だよ。

「悪かったな……巻き込んで」

「ほんとに？　ほんとに悪いと思ってる？　水野君って、無愛想で無口で怖いし。思ってることが伝わりにくいんだよね」

「さ、皐月！」

なにもそこまで言わなくても。さすがの水野君も、怒るよ。さっき、ものすごく怖かったんだからね。

「本気で悪かったと思ってる。このとおりだ」

あろうことか、水野君が私たちに向かって深々と頭を下げた。私は信じられない思いでそれを見つめる。

「み、水野君は悪くないよ。それより、ケガしてない？　足は大丈夫？」

思いっきり踏まれてたよね。たくさん蹴られてたよね。

「大丈夫だから。それより、マジでごめん」

「い、いいよ！　もう、謝らないで」

そんなふうに謝ってほしかったわけじゃない。

でも皐月は一応納得したようだ。

「本気でそう思ってるなら、ちゃんと桃と向き合ってあげて。じゃあ私は帰るから、また学校でね。あ、ちゃんと送ってあげてよね！」

「え、でも。皐月は？」

さっきの男たちがまだそのへんをうろついているかもしれない。皐月は顔を見られてはいないだろうけど、こんなことがあった直後だから心配になる。

「大丈夫だよ、いざとなったらアプリがあるから！」

「で、でも」

「大丈夫だって。それより、ちゃんと話し合うんだよ？　わかった？　バイバイ！」

もしかしたら気を遣ってくれたのかな。それでもやっぱり心配だから、あとで電話してみよう。

「はぁ」

皐月の背中が見えなくなると、盛大なため息が隣から聞こえた。いまだに足に力が入らなくて、座りこんだままの私。

私の隣に、水野君も力なく座りこんだ。そして私の肩にトンッとおでこを乗せて、うつむく。

「み、水野君？　どこか痛いの？」

具合でも悪いんじゃないかって心配になる。

「マジで情けねーな、俺は」

「え？」

「カッコ悪すぎるだろ。マジで、なにやってんだ」

「水野君？」

「夏目が俺の足をかばって蹴られようとしてるのを見た時……」

かすれた声で話しだす水野君。

水野君は今、どんな顔をしているんだろう。

「なにやってんだって、すっげー恥ずかしかった。夏目にここまでさせて、なにやってんだろうな、俺は」

とても弱々しくて、今にも消えてしまいそうなほどの声。

「夏目が蹴られそうになった時、身体が勝手に動いてお前をかばってた。頭に血がのぼって、カーッとして。正直、今でもあいつらにムカついてる」

「だ、大丈夫だよ、無事だったわけだしさ！　それより、水野君は？　ほんとに大丈夫なの？　足、たくさん蹴られてたよね？」

「俺はなんともねーよ。それより、自分の心配をしろよ。お前がケガでもしてたら、俺は……っ」

水野君の身体が震えている。私はとっさにその手をつかんだ。そして、ギュッと握る。

「大丈夫だよ。私は大丈夫。それよりも、私は水野君の足が心配なの。サッカーをやるための、大事な足だもん、大切にしなきゃ。無事でよかった、ほんとに」

「はぁ、なんで、俺のことばっか」

水野君の腕が伸びてきて、あっという間に肩にまわされる。再びおでこが水野君の胸にあたって、ビックリした私は固まったまま動けない。

すぐそばで感じる体温と息遣い。

「み、ずの、君?」

トクントクンと自分の心臓の音がうるさい。

キャパを超える出来事が起こっているせいで、頭の中がまっ白になった。

だ、抱きしめ、られてる?

ようやく頭がまわりだした頃、そう認識することができた。

夜空には満月が浮かんでいて、アスファルトの上にふたりのシルエットが映しださされた。改めて見ると、恥ずかしくてたまらない。

「俺のせいで誰かが傷つくのは、もう嫌だ。もう、誰も傷つけたくない。だから、こんな無茶はもう絶対に……二度とするな」

「私も水野君と一緒だよ、身体が勝手に動いてたの」

「マジで、バカだな。お前は」

何回ぐらいバカって言われたかな。わからないけど、水野君にそう言われるのは嫌いじゃない。そんな私は、どこかおかしいのかもしれない。

「ねぇ、水野君……」

私は水野君の胸に顔をうずめながら問いかける。

「サッカーが好き？」

「…………」

水野君は否定も肯定もしなかった。私の前から逃げることも、怒ることも、なにも。

「もし、もしも、水野君がまだ今でもサッカーが好きなら、明日からまた私にサッカーを教えてよ。朝、五時に公園で待ってるから」

このお願いにも、水野君は否定も肯定もしなかった。ただ黙ったまま息を潜めて、なにかを考えているようだった。

Last lovers

きみの心に触れさせて

次の日の朝、私はグラウンドにいた。時刻は現在朝の七時前。風は冷たいけど、澄みきった青空が広がっている。

約束の時間から二時間が経過しようとしているけど、水野君の姿はない。

やっぱり、私の声は水野君に届かなかったのかな。私じゃ、水野君を変えられなかったのかな。

ううん、変えようなんて考えること自体が、そもそもおこがましかったんだよ。

サッカーゴールの前に立って、右上の端っこに狙いを定める。そして、助走《じょそう》をつけて走り出した。右足を振り上げ、ボールを蹴ろうとしたけれど。

スカッと音が聞こえてきそうなほどの、見事な空振り。勢いあまって、地面の上に倒れ込んだ。衝撃でゴンッと頭を打ち、痛さに顔をしかめる。

「いったぁ」

ダメだ、全然うまくなってない。グラウンドを走っていたおかげで持久力《じきゅう》はついたと思うけど、サッカーに関しては全然ダメ。

シュートもまともに打てないなんて終わってる。これじゃあ、なんのために毎日練習してきたんだか。

「だっせーなぁ」

え？

地面に伸びてる私の上に影がおおいかぶさった。目の前にあるのは澄みきった青空と、水野君の呆れ顔。しかも、その顔には笑みが浮かんでいる。

「なにやってんだよ、バーカ」

「み、水野君……！」

来て、くれたんだ……？

喜びで自然と頬がゆるむ。ダ、ダメだ、我慢しようとしてみても、できないよ。だって、うれしいんだもん。水野君はサッカーが好きだってことでしょ？

「なに笑ってんだよ？　頭打って、ついにおかしくなったのか？」

「なっ！　ついにって、なに？　おかしくないからっ！」

相変わらず失礼極まりないけど、それでも今日はそんな毒舌《どくぜつ》さえもがうれしい。

「ははっ、冗談だろ。マジになんなよ」

「水野君のは冗談に聞こえないんだって」

プクッと頬を膨《ふく》らませて、そっぽを向く。でも、内心では全然怒っていない。水野君とのやりとりが楽しくて、ついこんな反応をしちゃうんだ。

「怒るなって。な？」

ツンツンと指で頬を突かれた。その行動にビックリして振り返ると、太陽の下で優しく笑う水野君の姿があった。

「それより、大丈夫か？　思いっきりゴンッて……ぷっ。あ、わり」

「心配してるの？　けなしてるの？　どっち？」

「心配してんだよ」

「じゃあ許す」

「ほら」

いまだに寝そべったままの私に、手を差し伸べてくれる水野君。私はドキドキしながらその手を取った。

「わ」

すごい力で引っぱられたかと思うと、上半身がフワッと宙に浮いた。そして、その勢いのまま立ち上がらされる。

昨日は暗かったけど、明るい太陽の下で見る水野君はキラキラとまぶしく輝いて見える。引き締まった身体にスポーツウェアがよく似合って、すごくカッコいい。

「もうちょい地面を蹴る感じで蹴ってみろよ。そしたら、うまくいくだろ」

「ほんと？　あの右上を狙える？」

「ボールをコントロールするのは、この数日では無理だな。まぁでも、絶対にそこに蹴るんだ！って強い想いがあれば、まぐれで決まることもあるからあきらめんな」

水野君は真剣に私に教えてくれた。そこにツラそうな顔はない。心からサッカーが好きなんだとわかるくらい、いい表情をしている。

水野君にとって、きっとこれが小さな一歩になった。そう信じて、私は練習に臨んだ。

なんてことのない会話を交わしながら練習メニューをこなしていく。

「え、ちゃんと五時に来てたの？　だったら、なんで声をかけてくれなかったの？」

「仕方ないだろ。夏目が真剣にやってんのを見てたら、いつのまにか時間が経ってたんだよ」

「え？　ずっとって、二時間も見てたの……？」

目をパチクリさせる私。水野君は唇をムッととがらせて、プイとそっぽを向いた。

その仕草はまるですねた子どもみたいで、なんだかかわいい。

「ドジでのろますぎて、目が離せなかったんだよ！」

「ドジ……のろま……？　ひどっ」

「つーか、佐々木に手取り足取り教えてもらってるんじゃねーのかよ？」

水野君はゆっくりこっちを見る。その目はじとっと私をにらんでいるようにも、すねているようにも見える。

だけど不思議。全然怖くない。むしろ、なんだか、かわいい。

「教えてもらってるけどマンツーマンってわけじゃないし、みんなも一緒だもん」

「へえ、みんなの前で手取り足取り教えてもらってるんだ？」

「その言い方、せっかく教えてくれてる佐々木君に失礼じゃん」

べつに手取り足取り教えてもらってるわけじゃなくて、普通に口でだけどね。

「佐々木の肩を持つんだ？」

なぜだかだんだんと不機嫌になっていく水野君は、いちいち私につっかかるような言いかたをする。

いったい、なんなの？

「肩を持つとかじゃないよ。でも、佐々木君より水野君に教えてもらうほうが、私は好きかな」

水野君の目を見つめながら、満面の笑みを浮かべる。

「なっ、なに、言ってんだよ。バカじゃねーの」

とまどいながら瞳を揺らして、みるみるうちに赤くなっていく水野君。私にほめられたのが、そんなにうれしかったみたい。

球技大会までの約一週間、私と水野君の秘密の特訓は毎朝続いた。

そして。

「水野、こっち！」

「おう！」

「いけっ、シュート！」

球技大会メンバーでのお昼休みの練習にも、積極的に参加するようになった水野君。手を抜くことなく、時には佐々木君やクラスメイトにアドバイスしながら、一生懸命に取り組んでいる。こんなに一生懸命な姿を見るのは初めてで、クラスメイトはもちろん、ほかのクラスの女子や男子がうちのクラスの練習を見にきているほど。

「水野君って、ヤバいよね！」

「うん、すごくカッコいい！」

「いつもはやる気がなくて無愛想なのに、あんなに一生懸命な姿を見せられたら一瞬で落ちちゃうよー！」

ギャラリーからの黄色い声に、うれしいような複雑なような。

ここ数日で今までのことがウソみたいに、水野君はクラスメイトとも仲よくなりつつある。スポーツの力って偉大《いだい》だ。男子はもうすっかり、水野君を受け入れている。

まぁ、佐々木君の力も大きいと思うんだけど。

水野君は私の前以外でもよく笑うようになったし、佐々木君たちと一緒にいるようになってからはとても楽しそうにしている。

それはとても喜ばしいことなんだけど、ちょっと寂しいとか思ってみたり。

蒼君のことをどう考えているのかは私にはわからない。でも、水野君なりの考えがあるんだと思うことにしている。

時々瑠夏ちゃんと連絡を取って蒼君の様子を聞いたり、この前おばあちゃんのお見舞いに行ったあとで、瑠夏ちゃんと一緒に初めて蒼君に会った。

蒼君は今も目を覚ましていない。でも、絶対に目を覚ます。私はそう信じている。


そして球技大会当日。

優勝したクラスは学食一ヵ月無料券がもらえるとあって、朝から盛大な盛り上がりを見せていた。クラスの応援にも熱が入り、誰もが一生懸命球技に参加している。

私が出た玉入れは球技に比べて得点は低いけど、上位三位に入ることができた。本番はお昼からの女子サッカー。

朝からドキドキして、落ち着かなかった。

「桃、ウォーミングアップしに行くよー」

「うん！」

緊張からお弁当がほとんど喉を通らず、ウォーミングアップの最中も心臓が口から飛び出しそうなほどだった。

グラウンドは使えないというから、校舎の周りをグルグルと何周か走る。走っていると、同じく走っていたらしい水野君が私の隣に並んだ。

「ぷっ、くく。手足が一緒に出てるけど」

「うるさいなぁ、緊張してるんだよっ」

「夏目なら、大丈夫」

え？

「お前ならできるよ」

そう言って、ポンと私の頭に手をのせた。

うっ、やめてよ。優しく笑いながらそんなこと言うのは。今度は違う意味でドキドキが止まらなくなる。

水野君はずるい。そうやっていつも振り回すんだから。

遠くなっていく水野君の背中。私が緊張しているのを知って、声をかけてくれたのかな。顔が赤くなっているのは、走っているせい。うん、絶対にそう。

だけど不思議なことに、試合がはじまる頃になると緊張はすっかり薄れていて。もうどうにでもなれという気分だった。

走って走って走って……。

サッカーは持久力が大事だと水野君が言っていたけど、その意味がようやくわかった。あっちこっちに飛んでいくボールを追いかけるのは、並大抵《なみたいてい》のことじゃない。

息を切らしながらも、水野君にあれだけ走らされたかいがあって、なんとかついていけた。だけどこれが何試合ともなると、最後まで持つかがすごく心配だ。

それほど疲れるし、点数が入らなければ、入るまで走ってボールをつなげての繰り返し。

女子サッカーの試合と同じ頃男子サッカーの試合もはじまっていて、応援することはできなかったけど、うちのクラスの男子ならきっと大丈夫だと信じている。

女子サッカーは試合終了までどちらにも点が入らず、ＰＫ戦に持ち込まれることになった。

こうなったらあとは運だけなので、天にまかせるしかない。

だけど、その結果、三対二で負けてしまった。一生懸命やったけど、勝てなかった。

悔しくて涙が出たけど、不思議と後悔はない。

それはきっと、すべての力を出し切った結果のことだからなんだと思う。

男子のほうは勝ったらしく、グラウンドの隅でクラスメイトが集まって盛り上がっていた。

「女子のぶんまで俺らががんばるから！　応援よろしくな！」

負けてしまった女子たちのテンションの低さを心配した佐々木君が、場を盛り上げてくれようとする。

水野君も「ドンマイ」と私に声をかけてくれた。

せっかく水野君が大丈夫って言ってくれたのに、負けちゃった。

「ＰＫバッチリ決まってたじゃん。練習の成果《せいか》があったな」

「それは、まぁ、すごく練習したから。まぐれで右上に飛んだんだよ」

「ははっ、すげー。さすが夏目だな」

「すごくないよー、負けたんだもん」

悔しかった。勝ちたかった。

「勝ち負けにこだわるのも大事だけど、そこまで成長した自分を認めてやんのも大事だと思う」

「成長した自分……？」

「空振りして派手にこけてた時よりは、成長してるだろ？」

「まぁ、そうだけどさ」

「短期間でよくがんばったな」

そう言われても、やっぱり勝ちたかったよ。でも心は軽くなった。


男子の試合がはじまる前に、みんなで写真を撮ろうということになった。そして、スマホを取りにいったん教室へと戻る。

校舎の中はシーンとしていて人の気配はない。教室に戻ってスマホを確認すると、電話のマークの所に大量の着信を知らせる表示があった。

十回も誰がかけてきたんだろう。なぜだか嫌な予感がした。だってこんなにたくさんの着信。なにかあったってことだよね。

スマホを操作する指が震える。

着信は全部、瑠夏ちゃんからのものだった。嫌だ、嫌だよ。そんなはずはない。だって……。

悪い予感しかしなくて、固まったまま動けない。最後に電話があったのは、ついさっきだ。

すぐにかけ直さなきゃいけないことはわかってる。でも、どうしてもボタンを押すことができない。

背中に冷や汗が伝う感覚。ヒヤリとするほど心臓が冷たい。でも手には汗をかいていて、へんに胸が高鳴っている。

いつまでこうしていても、なにも進まない。意を決して、私は瑠夏ちゃんに電話をかけ直した。

「も、桃ちゃん！？　蒼君が！　蒼君が……っ！」

瑠夏ちゃんは電話口で泣いていた。切羽詰まったような取り乱した声。なにを言っているのか聞き取れなかったけど、蒼君になにかあったのは確かなようだ。

「すぐ行くからっ！　待ってて！」

そう言って電話を切ると、引ったくるようにカバンをつかんでそのまま教室を飛び出した。

「はぁはぁ」

全速力で校舎の中を駆け抜ける。変な汗がたらりと流れ落ちた。

「はぁはぁ……く、苦し」

あわてて靴に履き替え、私は迷わずグラウンドに向かった。そこで佐々木君たちと一緒にいる水野君のそばまで駆け寄る。

水野君や佐々木君の周りにはほかのクラスの女子もたくさん集まっていて、私はそんな女子たちの群れをかき分けながら進んだ。

「はぁはぁ……み、水野君！　お願い！　私と一緒に、来て！」

苦しくて言葉が途切れ途切れになった。

「は？　なんだよ、いきなり。そんなにあわててどうかしたのか？」

「い、いいから……っ！」

わけがわかっていない様子の水野君に、詳しく説明している時間はない。とにかく一刻も早く行かなくちゃ、取り返しがつかなくなる前に。今行かなきゃ、絶対に後悔する。

「なになに？　告白？」

「なんか必死っぽくて笑えるんですけど」

周囲からそんな会話が聞こえるけど、今は気にしていられない。

「俺、これから試合なんだけど」

「そ、そうだけど、時間がないの！　はぁはぁっ」

「どこに行くんだよ？」

「病院」

「は？」

「だから、病院だって！　瑠夏ちゃんから、電話があったの。蒼君が、蒼君がっ！」

目の前がボヤけて視界がゆがむ。私だってこんなことは言いたくない。信じたくない。

「蒼が、なんだよ？」

水野君の声と顔色が変わった。

ごめんね、蒼君。きみが必死になって隠そうとしていたことを、もう隠しきれない。私には、無理だよ。

「ずいぶん前に、発作を起こして倒れたの。それからずっと意識が戻らなくて、今も入院してる。でも、もう、危ないかもしれないっ。瑠夏ちゃんも、泣いてた……ううっ、ひっく」

顔から血の気《ちけ》が引いていく。涙が頬に流れた。

「ウソ、だ……」

「もう、会えなくなっても、いいの？　伝えたかったことが……あるんじゃないの？　蒼君は、待ってるよ。きっと、水野君を待ってる」

頬に流れた涙を手の甲《こう》でぬぐう。

「ウソだろ？　蒼が、危ないなんて……」

「蒼君は、次に倒れたら命が危ないってわかっていながらも、ひそかにサッカーを続けてたんだよ。それで、練習中に倒れたの！」

水野君はこれでもかってくらいに目を見開いて、明らかに動揺していた。

「俺の、せいだ。俺があんなことを言ったから……そこまであいつを、追いつめてたなんて……」

「それは、違うよ。水野君のせいじゃない」

「俺があんなことを言わなきゃ、あいつはそこでサッカーをやめてた、俺が」

水野君は悔しそうに唇を噛みしめてうつむいた。

「私は違うと思う。たとえ水野君が言わなかったとしても、蒼君はサッカーをやめられなかったと思う。そこまでしてサッカーを続けてたのは、水野君との夢をかなえたかったからだよ」

「ねぇ、なんの話?」

「さあ? でも、なんだか深刻っぽいね」

ヒソヒソとささやく声と好奇の視線。人前だということを考えられないほど、今の私には冷静さが欠けていた。

「行けっ、水野!」

近くで聞いていた佐々木君が、真剣な眼差しで水野君の肩を叩いた。

「佐々木……」

「試合なんかよりも、そっちのほうが大事だろ。こっちは俺たちにまかせて、お前は行ってこいっ! つーか、行かなきゃダメだ」

そう言って佐々木君が背中を押した。ほかの男子たちも、佐々木君の声に同意するようにうんうんとうなずく。

「……悪い」

「大丈夫だ、なんも心配すんな」

「ああ、じゃあ、行ってくるっ！」

覚悟を決めた力強い瞳。

「夏目！　行くぞっ！」

「あ、うん！」

走り出そうとした時、人だかりの中に皐月と麻衣ちゃんの姿を見つけた。ふたりは心配そうな表情を浮かべていたけど、私と目が合うと「がんばれ！」と励《はげ》ましてくれた。

「うん！　行ってくるね！」

そう言って水野君のあとを追う。

「ハァハァッ」

試合のあとだということもあって、体力がかなり落ちていた。足をあげるのがツライ。走るのをやめてしまいたい。

今の私を動かしているものは、早く行かなきゃという強い想いだけ。

「大丈夫か？　ほら」

ペースが落ちてきた私の手を取って引っぱってくれる水野君。水野君はいつもならこれくらいじゃ呼吸を荒らげたりしないのに、とても苦しそうだ。

気持ちだけが焦って、落ち着かないんだと思う。

私はそんな水野君の手をギュッと握り返して、必死に足を動かした。

そして駅に着くと、カバンの中から定期を出す。手ぶらの水野君に小銭を渡す私の手が震えていた。

「大丈夫だ。絶対に、大丈夫」

「う、うん、はぁっ」

「行くぞ！　すぐに電車が来る」

発着の電光掲示板《けいじばん》を見上げながら、水野君はなぜか私よりも落ち着いている。きっとそれ以上に、私のほうが動揺していたんだと思う。だから自分がしっかりしなきゃと感じたのかもしれない。

水野君は再び私の手を取って、階段を駆け上がった。そして今にも発車しそうな電車にふたりで飛び乗る。

電車の中で呼吸を整え、胸の鼓動を落ち着かせる。だけど胃の奥がキュッと縮むように締めつけられて痛い。私は直接蒼君と知り合いではないけど、水野君や瑠夏ちゃんから話を聞いているうちにもう友達になったような気でいる。

だから、お願い……逝《い》かないで！

ダメだよ。

電車に乗っている間中、ゴツゴツした水野君の手が私の手を包みこんでくれていた。それは電車を降りてからもずっとで、そのせいなのか病院に着く頃にはずいぶん落ち着きを取り戻していた。

水野君といると安心するし、すごく落ち着く。心が安らぐ。水野君も、私といることでそう感じてくれていたらいいのに。

病院の階段を急ぎ足で二階へと上がった。今日はおばあちゃんの病室ではなく、蒼君がいるであろう個室へと向かった。

このドアの向こうに蒼君がいる。

あたりはシーンとしていて、不気味な空気が漂っていた。再び鼓動がへんに高鳴りはじめる。

このドアを開けるのが怖い。でも、ここまで来たんだもん。

「行くぞ」

震える私の手を強く握って、小さく水野君がつぶやいた。唇をキュッと噛みしめ、なにかをこらえているような水野君。

きっと水野君も不安なんだ。そして私以上に怖いはずだよ。

「うん、行こう」

ドアに手をかけ、引き戸を開けた。

ベッドの周りを取り囲むたくさんの人たち。こっちに背中を向けているから、顔は見えない。

先生や看護師さんのほかに、蒼君のお母さんと思われる人。制服姿の瑠夏ちゃん。

「あ、あの……」

小さくそうささやくと、いっせいにみんなが振り返った。

「桃ちゃん、春ちゃんもっ」

瑠夏ちゃんは目を見開いて驚きを隠せていない。まさか水野君が一緒に来るとは思っていなかったようだ。

でも瑠夏ちゃんは目に涙をいっぱいためながら、私たちの顔を交互に見て笑ったんだ。その笑顔は、とびっきりかわいかった。

あ、あれ?

悲しいはずなのに、どうしてそこまで笑えるんだろう。

ふとそんな疑問が頭をよぎる。

私たちはその場から一歩も動けず、ベッドにいる蒼君の状況がわからない。

「よかったわね、お友達が来てくれたわよ」

蒼君のお母さんらしき人がベッドにいる蒼君に笑いかける。

「マ、ジで……？」

えっ？　今、声がした……？

「桃ちゃん！　春ちゃんも、早く蒼君に会ってあげて！　やっと目を覚ましたんだよ」

「「えっ⁉」」

私も水野君も同時に声をあげる。

目を、覚ました？

わけがわからなくて、思わずポカンとしてしまう。

「ほんのついさっき、急に手がピクッと動いて。それから、すぐに意識を取り戻したのよ」

うれしそうに泣き笑いの表情を見せる蒼君のお母さん。

その場にいた誰もが、笑っている。

「わ、私、瑠夏ちゃんから電話をもらった時、瑠夏ちゃんが泣いてたから、危ないんじゃないかって」

「え？　あ、ごめんねっ。まぎらわしくて！　蒼君が目を覚ましたって伝えたかったんだけど、声にならなかったの」

「な、なんだ。私が、勝手に勘違いしてただけだったんだ」

蒼君が目を覚ましたってことは、もう大丈夫なんだよね？

「よ、よかった。ほんとに、よかったっ」

ホッとしたら一気に力が抜けて、ヘナヘナと足からその場に崩れ落ちた。

「も、桃ちゃん？　大丈夫？」

「あ、うん。ごめんね、力が入らないや……」

全速力でここまで来て、緊張の糸がプツンと切れたんだ。しばらく動けそうにない。

「な、んだよっ、心配させやがってっ」

水野君のか細い声がした。

「しゅ、ん……？　来て、くれたのか？」

ベッドに横たわる蒼君が必死に声を振り絞る。そして、水野君に向かって布団の中から手を差し伸べた。

私の位置から蒼君の顔は見えない。でも、必死に水野君に向かう蒼君の手は見える。その手はどこか遠慮がちだけど、まるで水野君が来るのを待ちわびていたかのようだった。

きっと、ずっと待っていたんだよね。

「蒼、俺……っ」

水野君は一歩ずつゆっくり蒼君のそばへと近づいていく。その表情は、とても険しくて。うっすら涙が浮かんでいるようにも見える。

「なにも、言うな。お前は、悪く、ない」

蒼君の声はとても穏やかで優しくて。

「なん、で、なんでだよ、俺はお前に最低なことを……」

水野君の声はかすれていた。ひどく後悔しているということが伝わってくる。

「俺が、お前だったら、同じこと、言ったと、思う。だから、気にするなよ」

「ごめん。マジで、ごめん」

蒼君は許しているというのに、水野君は納得がいかないようで。何度も何度も謝罪の言葉を述べていた。

「ごめん、なっ」

涙声の水野君は、ズズッと鼻をすすりながら蒼君に頭を下げている。瑠夏ちゃんは頬に流れた涙をそっとぬぐって、ふたりの間に立った。

「はい、もうおしまい。これで仲直りね」

瑠夏ちゃんは水野君の手をつかんで蒼君の手と握らせた。固い握手《あくしゅ》を交わすふたり。

私はじわじわ胸が熱くなるのを感じながら、彼らを見つめていた。

きっと、これから

「えー、ではでは！　一年四組の優勝を祝って、カンパーイ！」

「イェーイ！」

「一ヵ月学食無料だぜー！」

飲み物を片手に盛り上がるクラスメイトたち。球技大会から一夜明けて、土曜日の今日。見事優勝を勝ち取った私たちのクラスは祝賀会《しゅくが》を開くことになった。

佐々木君の呼びかけでクラスメイトの大半がファミレスに集った。席はみんなバラバラだけど、同じ球技に参加したメンバーが固まって座っている。

「女子サッカーが負けちゃったのは悔しかったけど、優勝できてよかったよねー！」

「ほんとほんと！　思い出したら、また悔しくなってきた」

「でも、みんながんばったよね！」

みんな一生懸命がんばっていたから、同じ気持ちを共有できる。一致団結して練習に励んだことで、みんなともっと仲よくなれたとも思う。

結果として、とても楽しかった。

だから、よしとしよう。

「まぁ、がんばったね。あたし、こんなにがんばったことって今までにないかも」

「だよねだよね！」

ワイワイと盛り上がるなか、隣に座っていた皐月が私の脇腹をつついた。

「な、なに？　ビックリするじゃん」

「なにって、昨日のこと！　あとでちゃんと詳しく聞かせてよね。っていうか、水野君とはどうなってんの？」

「どうって、べつになにも」

「昨日、桃と水野君が付き合ってるんじゃないかって、ウワサになってたよ」

「えー、ないない、それはない。昨日は緊急《きんきゅう》事態だったんだよ」

「昨日のあの感じからすると、そうだってことはわかるけどさぁ。そんなに好きなら、さっさと告白しちゃえばいいのに」

「うっ、それは」

実は前に一度してるんだけどなぁ。水野君は覚えていないみたいだけど、あの時は相当勇気を振り絞ったんだよ。それに、勢いもあった。というか、ほとんど勢いだった。今はタイミングをつかめないというか、もうこのままでもいいかなって思ってる私がいる。

たくさん飲んで食べたあと、私たちはファミレスを出た。みんな二次会でカラオケに行くみたいだったけど、私は疲れていることもあって帰ることに。

駅でみんなにバイバイしてから、改札を抜けてホームへと続く階段を上がる。

「夏目！」

すると、うしろから大きな声で名前を呼ばれた。

振り返るとそこには、息を切らした水野君がいた。

迷彩《めいさい》柄のダウンにジーンズ姿で、黒のマフラーに顎先《あご》をうずめる水野君。

「あれ？　カラオケに行くんじゃないの？」

佐々木君たちといたから、てっきりそう思っていたけれど。

「行かねーよ、夏目と話したかったから。ちょっとだけ時間あるか？」

うんとうなずくと水野君は「座って待ってろ」と言い残し、自販機に向かって歩きだした。遠目からそれを見ていた私は、とりあえず空いていた椅子に座って待つことにした。

時々吹く風がすごく冷たい。

みんなで集まるからとオシャレしてスカートをはいたけど、こんなに寒いならもうちょっと暖かい格好で来ればよかった。

急いで家を出たからマフラーと手袋も忘れちゃった。もうすっかり冬だなぁ。

両手をこすり合わせながら、そんなことをしみじみ実感する。

「ほら」

ピトッと頬になにかが当たった。それと同時にジンと熱を感じる。

「わ、なに？」

とっさに上を向く。するとそこには、ホットココアの缶が。どうやら、水野君が自販機で買ってきてくれたみたい。

「やる」

「わー、ありがとう」

ココアを受け取り、早速手を温める。まるでそこにあかりが灯ったみたいに、じわじわと温もりが広がっていく。

それを頬に当てたりして身体を温めていると、次にフワッとした感触が首筋に訪れた。

その正体は、さっきまで水野君がしていた黒いマフラー。

「え？　え？」

「くそ寒いのに信じらんねーよ、その薄着」

まさかの行動にとまどう私を、呆れたように見つめてくる。

「水野君が寒いんじゃない……？」

「俺、暑がりだから意外と平気」

でも、今くそ寒いって、信じられないって言ったよね？

私に気を遣わせないように、平気だなんて言ったのかな。

よく見ると、水野君の身体が震えていた。

やっぱり寒いんじゃん。でも、その優しさがうれしい。

「あは」

「なに笑ってんだよ」

今度はじとっとにらまれた。でも、いつもと違って口もとはほころんでいる。穏やかで優しい表情だった。

「ありがとう、水野君」

目を見つめてニコッと微笑む。

「べつに」

照れくさそうにボソッとつぶやいた水野君を見て、私は再び笑ってしまった。すると今度は軽く頭を小突かれた。

「昨日、あれからちゃんと蒼と話した。俺はやっぱり、サッカーが好きだ」

「うん。知ってるよ」

昨日私は先に帰ったけど、水野君を見てたらわかる。

「俺、もう一回本気でサッカーをがんばってみようと思うんだ」

「うん」

「蒼と約束した。将来必ずプロのサッカー選手になって、日本代表としてワールドカップに出場するって」

そう語る水野君の瞳はキラキラとまぶしく輝いていて、迷いなんて一切見えない。どこかスッキリしたような表情を浮かべて、やる気に満ちていた。

「蒼も、俺がプロになったら必ず応援しにいくって、それまでは死ねないって。がんばって病気と向き合うから、お前もがんばれって言ってくれた。だからっ、今度は俺が、あいつの生きる意味になろうと思う」

切っても切れない絆の強さを感じた。ふたりの間にはツラいことや苦しいこと、悲しいことがたくさんあった。

回り道をしたけど、ようやく乗り越えられたんだね。

そんな水野君と蒼君は、きっともう大丈夫。なにがあっても、絶対に。

「ふたりをずっと応援してるよ。この先もずっと」

水野君なら、必ず夢をかなえられる。だからがんばってほしい。私はいつでも、どこまでもそんな水野君を応援したい。蒼君のことも。

「それに、俺は、もう二度と、夏目に情けない姿を見せたくない。あの時の俺は、熱でおかしくなってたんだ。じゃないと、俺が人前で泣くはずがない」

水野君はバツが悪そうにポリポリと人差し指で頬をかいた。

「え？」

待って。

熱？　人前で泣くはずがない？

も、もしかして……。

「忘れたふりをして悪かったと思ってる。あん時の須藤んちでのこと、はっきり覚えてるんだ。あんな醜態《しゅうたい》をさらしたことが恥ずかしくて、忘れたふりをしてた」

水野君はよっぽど恥ずかしかったのか、最後にはうつむいてしまった。

「ええっ！」

お、覚えてたの？

ウソでしょ！

だって、あの時……私、私は。

水野君に、好きだって言ったよね。

「……ごめん」

「あ、ううん、全然いいんだけど……！」

そうは言ったものの、頭の中がパニックになる。

待って、ちょっと待って。

ということは、あの時私が好きだって言ったことも、覚えてるの？

だとしたら、は、恥ずかしすぎる。ううっ。

徐々に頬が熱を帯びていく。自分から水野君に聞くことなんてできない。

気まずい空気が流れるなか、しばらくの間沈黙が続いた。

「だから、俺、強く、なるから。好きなものを好きだって、胸を張って言えるようにする。今度こそはちゃんと守れるようになる。だから……」

水野君は、私の肩を抱いて引き寄せ、私の耳もとに唇を寄せた。

「それまで、待っててくれる？」

その言葉にどんな意味が含まれているのかはわからない。

でも私は、待とうと思う。

たとえ、どんな結果になろうとも。


それから季節はめまぐるしく過ぎていった。寒い冬を乗り越え、やがて春がやってきた。桜が満開の中、私は高校二年生になった。

「うっわ、俺だけ別クラー！　おわた」

「きゃあ、やったぁ！」

クラス発表の掲示板の前で、きゃあきゃあと騒がしくなるのも無理はない。これから一年間一緒に過ごすメンバーが決まる、重要な日なんだから。

私は皐月と麻衣ちゃん、百合菜と掲示板をまじまじと見つめる。

七組の所で、麻衣ちゃんの名前と蓮の名前、そして自分の名前を順番に見つけた。そして次に皐月と百合菜の名前を見つけた時は、飛び上がるほどの喜びが訪れた。

「全員同じクラスなんて、すごくない？」

「ありえないよね、どんだけ神クラなの！」

「うれしすぎるでしょ」

「これから今まで以上に毎日が楽しくなるね」

自然とほころぶ顔。春は新しい出会いの季節。ちょうど去年の今頃、水野君と出会ったんだ。

今でもはっきり覚えてる。

桜の木の下で、ストーカー扱いされたこと。あのムービーも今となっては、私の大切な思い出のひとつになった。

寂しそうに、切なそうに満開の桜を見上げていた水野君の姿。繊細で傷つきやすそうな表情。あれは水野君のありのままの姿だった。そんな水野君に心を奪われたんだ。

「どこにもないな、あいつの名前は」

うしろにいた蓮が、ポツリとつぶやいた。

「うん、そうだね。よかったんだよ、これで」

ここには水野君の名前だけがない。それはほかのクラスを見ても同じ。この学校にはもう、水野君はいないのだ。

本気でサッカーをやるために、本来入学するはずだったサッカーの名門校に、この春から編入することが決まった。その高校はかなり遠い場所にあるため、水野君は春休みの間に寮に入ってしまった。

これからはじまるサッカー漬《づ》けの日々。でも、それは水野君が決めたことだから。寂しくないって言ったらウソになるけど、応援するって決めたから、涙を我慢して笑顔で送り出したんだ。

それからの毎日は、楽しかったけど、私の心にはぽっかり穴が開いたみたいになにかが足りない。

夜になるとふと寂しさがこみあげてきたりして、水野君のことをよく思い出す。連絡しようとしても、がんばってるんだから邪魔しちゃダメだと思ってできずにいた。

もちろん、水野君から連絡が来ることもない。

きっと水野君のことだから、蒼君との夢をかなえるために一生懸命がんばっているんだろう。

ふとした時に少しくらいは、私のことを思い出してくれていたり……しないよね。水野君だもん。

もう私のことなんか忘れちゃったかな。もう会えないのかな。ううん、水野君が夢をかなえたら会いにいこう。

それが何年後になるかはわからないけど、私も精いっぱい応援したい。だから、瑠夏ちゃんと蒼君と一緒に会いにいく。

それまでは、私も自分のことをがんばろうと思うんだ。

だけど、でも、本音を言えば、今すぐにでも会いたい。


寂しさを押し隠して、めまぐるしく日々が過ぎていった。

気づくともうすっかり春は過ぎ去って、夏がやってきていた。そして、夏休みに突入して数日。明日の松野神社のお祭りはどうしよう。

「桃ちゃん、明日の夜は必ず空けておいてね。お祭りに一緒に行くんだから。ね、蒼君！」

「うん、絶対空けといて！」

ショッピングモールに私と瑠夏ちゃん、蒼君の三人で一緒にいる。蒼君はあれからみるみるうちに回復して、生活に制限はあるものの退院して元気に暮らしている。

高校にも通えるようになって、本当によかった。サッカーをやめることになったけど、蒼君はもう落ち込んではいないみたい。

人懐っこい蒼君とは、目を覚ましたあと何度か瑠夏ちゃんとお見舞いに行くうちに、すっかり仲よくなったんだ。

蒼君の身長は水野君と同じ一八〇センチほど。整った容姿にモデルみたいなスタイル。愛嬌があって笑顔がすごくかわいい。ハムスターみたいな愛されキャラの蒼君。

瑠夏ちゃんと並ぶと、とてもお似合いなんだけど。

「えー、ラブラブなふたりの邪魔はできないよー」

「なななな、なに言ってんの！　桃ちゃんってば！」

「なな、なに言ってんだよ！」

からかうようにそう言うと、ふたり揃ってまっ赤になった。

端から見れば両想いなのがバレバレのふたりなのに、いまだに進展はないみたい。

うまくいけばいいのになぁと思いながらも、もう少しこの状況を楽しむのも悪くないような。だって、ふたりの反応が新鮮でかわいすぎるんだもん。

あ、でも、このふたりが付き合ったら水野君はショックを受けるよね。瑠夏ちゃんのことが……好きなんだもんね。

好きなものを好きだと胸を張って言いたいって言ってたけど、ちゃんと瑠夏ちゃんに言えたのかな。

瑠夏ちゃんは蒼君一筋《ひとすじ》なのが見ていてわかるし、もしかしたらまだ告白していないのかもしれない。

告白……か。

私のは結局うやむやになってるもんなぁ。

水野君にとって、私は単なるお節介な友達だもんね。

瑠夏ちゃんしか見えてないって感じだし。

そんなことを考えたら気分が沈んだ。

「桃ちゃん、明日はなにがなんでも絶対に来てね！　松野神社の鳥居の下に夕方五時だからっ！」

なんだかものすごく必死な瑠夏ちゃん。そんなに私とお祭りに行きたいってことなのかな。あまりの剣幕に私はついついうなずいてしまった。

お祭り当日。この日は去年同様ものすごく暑かった。じっとしていても汗が流れ落ちて、ムワムワした空気があたりを包んでいる。夕方五時前、私は松野神社の鳥居の下にいた。まだ瑠夏ちゃんと蒼君の姿は見えない。

去年も浴衣だったけど、今年もお母さんに着せてもらった。お祭りは好きだし、年に一度か二度のイベントだもん。思いっきり楽しみたい。

「あれ？　夏目さんじゃね？」

すぐそばで声が聞こえた。うつむきながらボーッとしていた私は反射的に顔を上げる。そこには友達数人と一緒の佐々木君の姿。

「すっげー久しぶりじゃん」

「だね！　ビックリしたー」

まさかこんな所で佐々木君に出会うとは思わなかった。

二年生になってからクラスがわかれ、めったに会うこともなくなっていたけど、佐々木君は相変わらず爽やかな感じ。

他愛ない会話をしながら、佐々木君は言いにくそうに口を開いた。

「水野は元気か？」

「え？　あ、どうだろ。連絡取ってないから、わからないや」

「あー、そうなんだ？　なんか意外だな。てっきり付き合ってるのかと」

「な、ないない！　ありえないよ！」

思わず大声で否定すると、佐々木君にクスクス笑われた。

「夏目さんって、わかりやすいな。すっげーかわいい」

「な、に言ってんの！　佐々木君、目大丈夫？」

思わず目を見開く。だって、男の子からかわいいなんて初めて言われたから。

「一年の時、夏目さんのことを狙ってたやつが結構いたような気がするけど」

「えっ⁉」

ビックリして固まる。

「いや、マジだって。っていうか、俺もそのうちのひとりだったりして」

「え、えぇ⁉」

佐々木君、突然、な、なにを言ってるの？

全然意味がわからないよ。

赤くなりながらとまどう私に、佐々木君はからかうように笑っている。

「どう？　俺とか。たまたま、今はフリーなんだけど」

「なな、なに、言ってんの！」

冗談なのか本気なのかがわからない。テンパりすぎて、頭がおかしくなりそうだよ。

佐々木君ってこんなキャラだったの？

「悪いけど、俺のだから」

ふと隣に人の気配がした。そうかと思ったら、肩に腕がまわされて勢いよく引き寄せられる。

ビックリした私が顔を上げると、そこには。

ウソ？

「み、ずの……君？」

信じられない気持ちでいっぱいで、佐々木君のことなんて一気に頭から消し飛んだ。

どうして？

疑問ばかりが浮かんでは消える。

「うっわ！ ウワサをすれば、水野じゃん！ 久しぶりだなー！ 元気だったか？」

佐々木君は声を弾ませて笑った。一方、水野君は無表情に私の肩を抱いている。

よくわからない展開続きで、ついていけない。

どうして水野君がここにいるの？

私の肩を抱いてるの？

なんでそんなに、不機嫌そうなの？

久しぶりに会えてうれしいというよりも、驚きのほうが強い。

「元気だけど。それより、夏目のこと」

「あー、冗談だよ。お前にだけは、勝てる気がしねーもん」

「はぁ？ 冗談って、なんだよ」

「悪い悪い。夏目さんも、ごめんな」

そう言いながら佐々木君は私の耳もとに顔を寄せてきた。そして、水野君に聞こえないほどの小さな声でささやく。

「実は、こっちに向かって歩いてくる水野の姿が見えてたんだ。それで、つい気持ちを試してみたくなったんだよ」

「え？」

水野君を試してみたってこと？

横目に佐々木君を見ると、目が合いニコッと微笑まれる。

「ってことだから、がんばれよ！　じゃあな！　水野も、またみんなで集まろうぜ！」

明るくそう言い残して、佐々木君は人混みにまぎれていった。

水野君とふたりきり。突然のことにドキドキしすぎて落ち着かない。

『悪いけど、俺のだから』

どういう意味で言ったんだろう。いや、意味なんてないよね。だって、水野君は瑠夏ちゃんのことが……。

「久しぶりだな」

「え、あ、うん」

触れられている所がジンジン熱くて、水野君の顔をまともに見られない。

「元気だったか？」

「うん……」

まさか会えるなんて思ってなかったから、心の準備なんてまるっきりできていなくて。どんな顔をすればいいのかがわからない。

久しぶりすぎて緊張するのと、会えてうれしい気持ちと、とまどいと。

「なんかよそよそしいな。どうしたんだよ？」

至近距離から水野君に顔を覗き込まれて、思わずドキッとしてしまう。

「だ、だって、帰ってくるなんて、一言も。それなのに、突然現れるからビックリして」

「あー、わり。つーか、蒼と瑠夏には連絡しといたんだけどな」

「え、聞いてないよ」

昨日会った時だって、そんなことは言ってなかった。

「マジか。あいつら、夏目をビックリさせようと思ってワザと言わなかったな。まったく」

「どういう、こと？」

「数日前、あいつらにそっちに帰るって連絡したら、祭りに誘われてさ。なにがなんでも絶対に来いって。俺と夏目を祭りで引き合わせようとでも、企《たくら》んでたんだろ」

水野君はそう言いながら苦笑した。

そうなの？

だから昨日、あんなにも必死に私をお祭りに誘ったの？

水野君と引き合わせようとして？

「さっきあいつらから、ふたりで回るって連絡が来てた。とりあえず腹減ったし、なんか食おうぜ」

水野君は私の肩にまわしていた手をそっと離すと、今度は私の手をギュッと握って歩き出した。

「み、水野君……手、手が」

「なんだよ、嫌なのか？」

「そういうわけじゃ」

「だったらごちゃごちゃ言うんじゃねーよ」

どうして手をつないで水野君と歩いているのかな。きっとたぶん、うん、絶対。迷子になると思われてるんだろうな。

そうじゃなきゃ、水野君から手をつなぐ理由なんてない。ありえない。

『悪いけど、俺のだから』

頭の中で何度もこだまする声。

ううん、ありえない。

期待しそうになる気持ちを抑えて、何度も自分に言い聞かせる。

しばらく見ない間に、少し身長が伸びた？

横顔も強くたくましく、男らしく、そして凛々《りり》しくなったような気がする。

前よりも、もっと、カッコよくなってる。だってほら、女の子たちが振り返って水野君を見てる。

たこ焼きと焼きそば、いか焼き、唐揚げ。食べたいものをひととおり買ったあと、水野君と河川敷に並んで座った。川辺は夕焼けのオレンジ色に染まって、もうすぐ日が暮れようとしている。だけど、お祭りはまだまだこれから。

「食う？」

気づいたら焼きそばをほおばる水野君の姿をじっと見つめてしまっていた。すると、そんなことを聞かれて思わず首を横に振る。

「いらない」

水野君はどうしてそんなに普通にしていられるんだろう。どういうつもりで今私と一緒にいるんだろう。

どうして、今日は来たの？

私と会って、どんな気持ちでいてくれてる？

こんなに会いたいと思っていたのは私だけで、きっと水野君は私のことなんて今日の今日まで忘れてたよね。

水野君にとって、私はいったいなんなの？

ただの友達……？

だとしたら残酷《ざんこく》すぎる。

私の中では好きがどんどん大きくなってるから、だから、残酷すぎるよ。

水野君の真意を聞きたいけど聞けない。聞くのが怖い。

「夏目？」

「ん？」

「どうしたんだよ、元気ないな」

「…………」

水野君は……私のことをどう思ってる？

喉まで出かかったその言葉。

ダメダメ、久しぶりに会ったんだもん。もっと楽しい会話がしたい。新しい学校生活はどうなのかとか、サッカーのこととか、聞きたいことはたくさんある。

それなのにうまく話せなくて、だんまりを決め込む私。

「夏目、顔上げて」

そんな私に水野君の優しい声が降ってくる。ゆっくり顔を上げると、すぐ目の前まで水野君の顔が迫っていた。熱を帯びたような力強い瞳。どんどん距離を詰められて、息をするのを忘れる。

「んっ」

唇が触れたのは、ほんの一瞬のことだった。

ビックリして目を見開いたまま固まる私と、照れくさそうに頬をかく水野君。

「な、なん、で……今」
キ、キス……した？
私の頭は完全にキャパを超えていた。まっ白になってなにも考えられない。

「わり」

「……んで、謝るの……っ？　謝るくらいなら、しないでよっ」

もうわけがわからないよ。なんでそんなことするの？

水野君がわからない。

「私ばっかり、苦しくて。私だけが、水野君を好きで。水野君は、瑠夏ちゃんが好きなのに、どうして、キスとか……っ。うーっ、ひっく。水野君の、バカァ」

言ってるうちに悲しくなって涙が出てきた。

「私に、こんなことする前に、瑠夏ちゃんに、言わなきゃいけないことがあるでしょう……っ？」

こんなことを言うつもりじゃなかったのに、水野君がキスなんかするから。

「は？　俺、前に言わなかったっけ？　瑠夏のことはなんとも思ってないって」

水野君は、顔を赤らめながらも不思議そうな表情をする。

「そ、そんなの、ただの強がりでしょ?」

涙が止まらなくて、浴衣の袖で目もとをぬぐう。せっかくメイクもしてきたのに、これじゃ台なしだよ。

「瑠夏には中一の秋にふられてる。正直、忘れるのに苦労したけど、今はマジでなんとも思ってない。思ってたら、夏目にキスするわけないだろ」

え?

「毎日毎日、夏目から連絡がくることを期待してた。サッカーしてる時は別だけど、授業中とか……ふとお前のことが頭に浮かんだりして。この俺が、ガラにもなく夏目に会えなくて寂しいとか、思ったりしてたんだぞ」

「ウソ……」

だって、水野君が寂しいだなんて。そんなキャラじゃないじゃん。

よっぽど恥ずかしかったのか、それを隠すように水野君は手でクシャッと自分の髪を握った。

こんなに動揺している水野君を見るのは初めてかもしれない。

「ウソじゃねーよ。あの時から……夏目に初めて好きって言われた時から、俺はおかしくなったんだよ。最初は苦手なやつだと思ってたけど、お節介で、無鉄砲《むてっぽう》で、無茶ばっかする夏目のことがいつのまにか気になって、目で追ったり。幼なじみの須藤と仲よくしてるところを見て嫉妬したり……」

　初めて聞かされる彼の本音に、恥ずかしさでどうにかなってしまいそう。

「さっきだって、佐々木に言い寄られてるのを見て、ついカッとなっちまった」

　頭がクラクラしてめまいがする。

「好きなものを好きだって、今なら胸を張って言える」

　その瞬間、水野君の手が私の手に重なった。

「俺は夏目が好きだ」

　私の目から涙がこぼれ落ちた。胸の奥のほうがキュンとうずく。

「長いこと待たせて悪かったな。あの時の俺はすべてが中途半端ですっげーカッコ悪かったから、素直に好きだって言えなかった。ようやくちょっと前進した今、どうしても夏目に気持ちを伝えたくて帰ってきたんだ」

　ここまで自分の気持ちを素直に話してくれるなんて思わなかった。

　水野君は思い切ったように言葉を続けた。

「これは今だから言うけど、俺が熱出して世話になった時あっただろ。須藤の家で翌朝、朝飯を食ってる最中にあいつに言われたんだ。『桃を泣かせたら、俺が許さないからな』って。そん時はピンと来なかったんだけど、夏目の存在が俺の中で大きくなっていくうちに、あんなやつがライバルなんだから、負けられないな、カッコ悪いとこは見せられないなって。だから編入してからの毎日は、無我夢中でがんばった。いつの日か夏目が俺の足をかばってくれた時みたいに、今度は俺がお前を守れるようにって」

そんなことがあったなんて。

それに、そんなふうに思ってくれてたんだ？

水野君のまっすぐな気持ちが伝わって、胸が熱くなった。

「夏目」

「……はい？」

「ごめんな」

「なんで、謝るの？　うれしいよ、水野君が正直に話してくれて。それにね、わ、私も、水野君のことが好き」

涙目で下から水野君の顔を見上げる。

「やめろよ、そんな目で見るの」

「な、なんで？　変な顔してる？」

プイと顔をそらした水野君を見て不安になる。よっぽどおかしな顔だったのかな。

「かわいいっつってんだよ、バーカ」

「うっ……っ」

水野君に甘い言葉はダメだよ。ギャップがありすぎて、ドキドキが止まらない。

──ヒューパンパンパン。

いつの間にか日はとっぷりと暮れて、夜空に大輪の華が咲いた。

「おっ、はじまったな」

水野君の目が輝いた。

「花火が終わったら、一緒におみくじ引こうな」

「え？」

「だってあれだろ？　好きな相手と一緒におみくじを引くと、結ばれるっていうジンクスがあるらしいじゃん」

「し、知ってたの？」

「いや、最近知った。ま、お前は運気が上がると思ってたみたいだけどな」

去年苦しまぎれに言ったことを水野君はちゃんと覚えていた。

「し、知ってたの、実は。だから去年は、水野君と一緒におみくじを引きたいって思って誘ったの」

「え？　は？　マジ、で？」

水野君の顔がいっそう赤くなった。

「う、うん……」

恥ずかしい、恥ずかしすぎる。

「すげーな、じゃあその通りになったわけか。侮《あなど》れねーな、松野神社のジンクスも」

照れくさそうに笑う水野君。あどけない少年のような顔。その横顔を見て、ああ幸せだなって。思わずにやけてしまった。

きみと出逢って、きみに恋してよかったと、今なら私も胸を張って言える。

たくさん遠回りをしたけど、きっとこれでよかったんだ。

苦しいこと、ツラいこと、逃げ出したくなること、悲しいこと。これから先もたくさん待ち受けていると思う。

でも、私はいつでもどんな時でもきみの隣にいたい。

きっと、きみとならなんでも乗り越えられる気がする。

できればきみが、夢をかなえたそのあとも。

ずっとずっと、きみの隣で笑っていたい。

END

あとがき

初めましての方も、いつも読んでくださっている方も、本作を手に取ってくださり、ありがとうございます。こうして書籍化の機会をたくさんいただけて、本当にうれしい限りです。これも、読んでくださっている方がいるからだなぁと、日々感謝の思いでいっぱいです。

あとがきではいつもなにを書こうか迷ってしまい、毎回同じような内容で申し訳ありません。本作はいかがでしたでしょうか？　今回はツラいシーンも多くてなかなか筆が進まず、書きたいことも多すぎて、完結まで時間がかかってしまいました。そしてページ数も多くて、読むのにも時間がかかったのではないでしょうか？　でも、クールな春とおせっかいな桃のふたりを書くのは、とても楽しかったです。人との出逢いで自分の人生って変わるので、本当にすごいですよね。春も本気でサッカーをがんばっていたら桃に出逢うこともなく、ふたりは恋人同士にならなかったかもしれません。そう考えたら、ツラいけどサッカーを一度やめてしまったことにも意味があることだったのかなぁと。縁とか、巡り合わせとは不思議なものです。

ここでわたし自身のことをチラッと……。デビュー作である『イジワルなキミの隣で』の書籍化のお話をいただいた時、飛び上がるほどうれしかったのですが、ちょうどその時、第九回日本ケータイ小説大賞の締め切り一ヵ月前でもありました。コンテストに参加したいけど、どんな話を書けばいいのかわからない。そもそも受賞なんてできるわけがない、自信もない、とずっとモヤモヤしていて、書きはじめてもいない状態でした。でも不思議なことに、書籍化のお話をいただいてから、どこからか急にやる気がみなぎってきて、ストーリーが頭の中をバババーッとかけ巡ったのです。締め切りまで一ヵ月もない状態で間に合うか不安だったのですが、結果なんて気にせずやれるところまでやってみようと書きはじめたら、なんと三週間で完結することができました。今では三週間でなんてとても考えられないのですが、なぜかその時にはできたんです。

結果、大賞をいただけてとてもうれしかったです。それも『イジワルなキミの隣で』の書籍化がなければ、きっと参加することもなくて。『また、キミに逢えたなら。』を書くこともなかったのかなぁと今になって思います。

もっと前にさかのぼれば、『イジワルな～』の執筆が行き詰まっていた時に、サイトで公開していた短編がオススメに選ばれてアップされました。それがあまりにもうれしくて、長いこと放置していた『イジワルな～』をがんばって完結させよう！とパワーが湧いてきました。完結するとあれよあれよという間にランキングで一位をいただき、そして書籍化のお話が来た……という流れなのですが、こうして振り返ってみるとすべてがつながっていて、すごいな、縁だなと思いました。うれしいことがうれしいことを呼ぶんだと、その時に改めて感じました。負の連鎖ではなく、喜びの連鎖で人生がつながっていけば、この上ない幸せですよね！

もちろん、うまくいかないことも多々ありますが、そんな時は幸せだった時のことを思い起こして乗り切るようにしています。みなさまにも、素敵な縁や巡り合わせが訪れますように。

最後になりましたが、カバーを担当してくださった池田春香様、ありがとうございました。そしてここまで読んでくださった心優しい読者のみなさまに、心より感謝いたします。

二〇一九年六月二十五日　miNato

miNato（みなと）

兵庫県、三田市在住。看護師をしながら、のんびり暮らしている。超マイペースのO型で、興味のないことには関心を示さない。美味しいものを食べることが大好きで、暇さえあれば小説を書いている。『また、キミに逢えたなら。』で第9回日本ケータイ小説大賞の大賞を受賞し、書籍化。単行本・文庫共に著書多数。

池田春香（いけだ　はるか）

福岡県出身で誕生日は4月22日のおうし座。2009年に『夏の大増刊号りぼんスペシャルハート』でデビュー。以降、少女まんが雑誌『りぼん』で漫画家として活躍中。イラストレーターとしても人気が高く、特に10代女子に多大な支持を得ている。餃子が好きすぎて自画像も餃子に。既刊コミックスに『ロックアップ　プリンス』などがある。

miNato先生への
ファンレター宛先

〒104-0031　東京都中央区京橋1-3-1　八重洲口大栄ビル7F
スターツ出版（株）　書籍編集部気付　miNato先生

この物語はフィクションです。
実在の人物、団体等とは一切関係がありません。

早く気づけよ、好きだって。

2019年6月25日　初版第1刷発行

著　者　miNato

発行人　松島滋
イラスト　池田春香
デザイン　齋藤知恵子
DTP　久保田祐子
編集　長井 泉
編集協力　ミケハラ編集室
発行所　スターツ出版株式会社
〒104-0031
東京都中央区京橋1-3-1 八重洲口大栄ビル7F
出版マーケティンググループTEL 03-6202-0386
(ご注文等に関するお問い合わせ)
https://starts-pub.jp/

印刷所　共同印刷株式会社
Printed in Japan

ISBN 978-4-8137-0710-3 C0193

恋するキミのそばに。

♥野いちご文庫人気の既刊！♥

『今日、キミに告白します』

高2の心結が毎朝決まった時間の電車に乗る理由は、同じクラスの完璧男子・凪くん。ある日体育で倒れてしまい、凪くんに助けられた心結。意識がはっきりしない中、「好きだよ」と囁かれた気がして…。／ほか。大好きな人と両想いになるまでを描いた、全7話の甘キュン短編アンソロジー。

ISBN978-4-8137-0688-5　定価：本体620円＋税

『大好きなきみと、初恋をもう一度。』

星咲《ほしざき》りら・著

ある出来事から同級生の絢斗に惹かれはじめた菜々花。勢いで告白すると、すんなりOKされてふたりはカップルに。初めてのデート、そして初めての……ドキドキが止まらない日々のなか、突然絢斗から別れを切り出される。それには理由があるようで…。ふたりのピュアな想いに泣きキュン！

ISBN978-4-8137-0687-8　定価：本体570円＋税

『お前が好きって、わかってる？』

柊《ひいらぎ》さえり・著

洋菓子店の娘・陽鞠は、両親を亡くしたショックで、高校生になった今もケーキの味がわからないまま。だけど、そんな陽鞠を元気づけるため、幼なじみで和菓子店の息子・十夜はケーキを作り続けてくれ…。十夜との甘くて切ない初恋の行方は!?

『一生に一度の恋』小説コンテストの優秀賞作品！

ISBN978-4-8137-0667-0　定価：本体600円＋税

『放課後、キミとふたりきり。』

夏木《なつき》エル・著

明日、矢野くんが転校する――。千奈は絵を描くのが好きな内気な女の子。コワモテだけど自分の意見をはっきり伝える矢野くんにひそかな憧れを抱いている。その彼が転校してしまうと知った千奈とクラスメイトは、お別れパーティーを計画するけど……。不器用なふたりが紡ぎだす胸キュンストーリー。

ISBN978-4-8137-0668-7　定価：本体590円＋税

書店店頭にご希望の本がない場合は、書店にてご注文いただけます。